DIE VIERTE MACHT

BAND 2 MORD AUF ANTIPLONA

JUAN GIMENEZ

SPLITTER

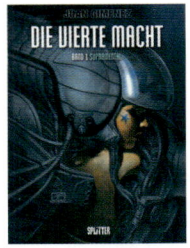

Band 1 | Supramental
ISBN: 978-3-939823-53-7

Band 2 | Mord auf Antiplona
ISBN: 978-3-939823-55-1

Band 3 | Die Grüne Hölle
ISBN: 978-3-939823-56-8
[September 2007]

Foto: © C. Beauregard

Juan Giménez

Weitere Veröffentlichungen:

Giménez
Die Meta-Barone | Ehapa
Leo Roa | Ehapa
Müll | Alpha
Die Augen der Apocalypse | Alpha
Das Haus der Ahnen | Feest
Die Endzeit-Welten | Beta
Auf den Schwingen der Zeit | Beta

SPLITTER Verlag
1 2 3 4 10 09 08 07
© Splitter Verlag GmbH & Co. KG · Bielefeld 2007
Aus dem Französischen von Tanja Krämling
LE QUATRIÈME POUVOIR: MEURTRES SUR ANTIPLONA
Copyright © 2004 Les Humanoïdes Associés S.A.S., Paris
Bearbeitung: Martin Budde
Lettering und Redaktion: Delia Wüllner-Schulz
Covergestaltung: Dirk Schulz
Herstellung: Horst Gotta
Druck und buchbinderische Verarbeitung:
Drukarnia DROGOWIEC-PL
Alle deutschen Rechte vorbehalten
Printed in Poland
ISBN: 978-3-939823-55-1

Weitere Infos und den Newsletter zu unserem Verlagsprogramm unter:
www.splitter-verlag.de

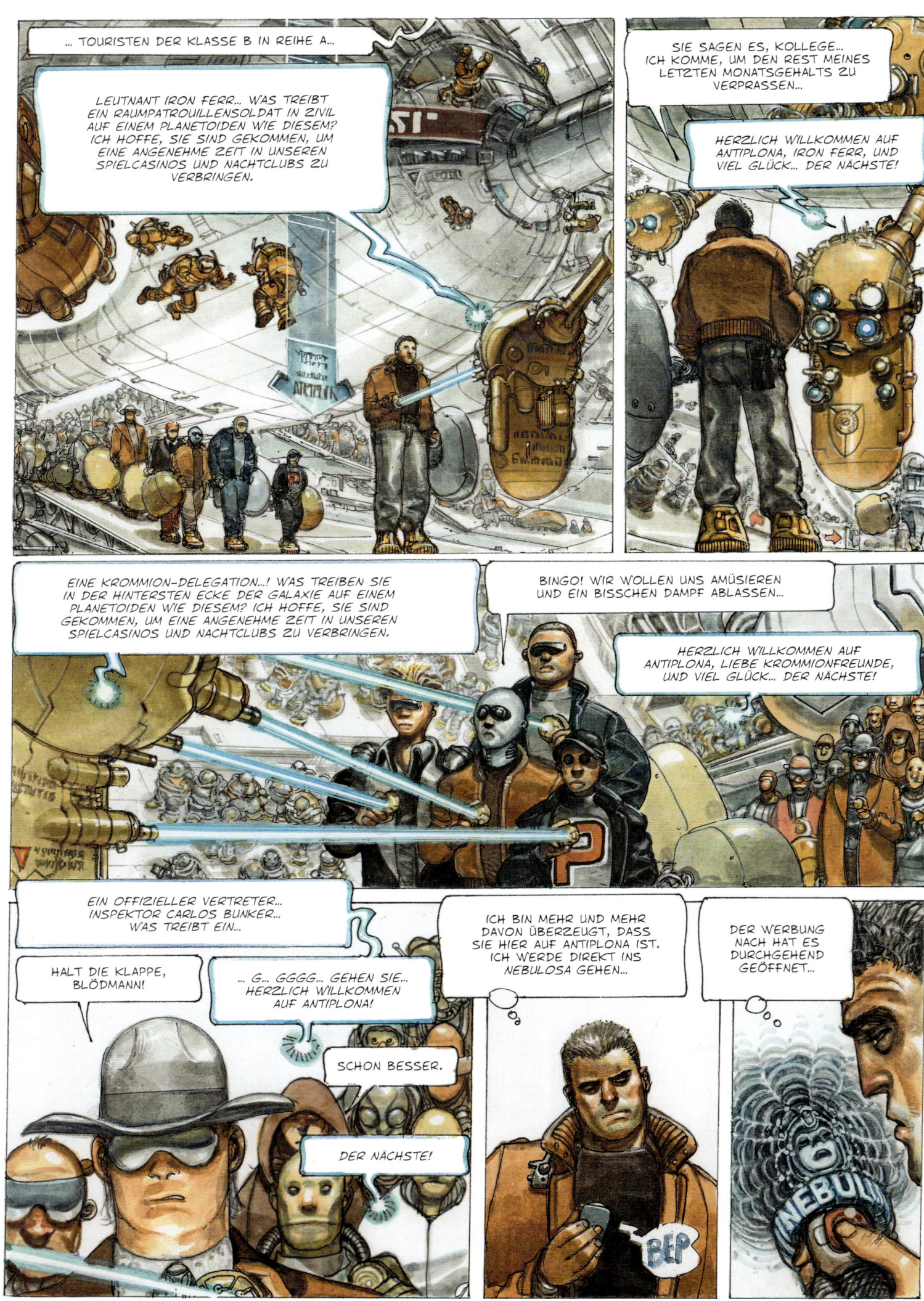

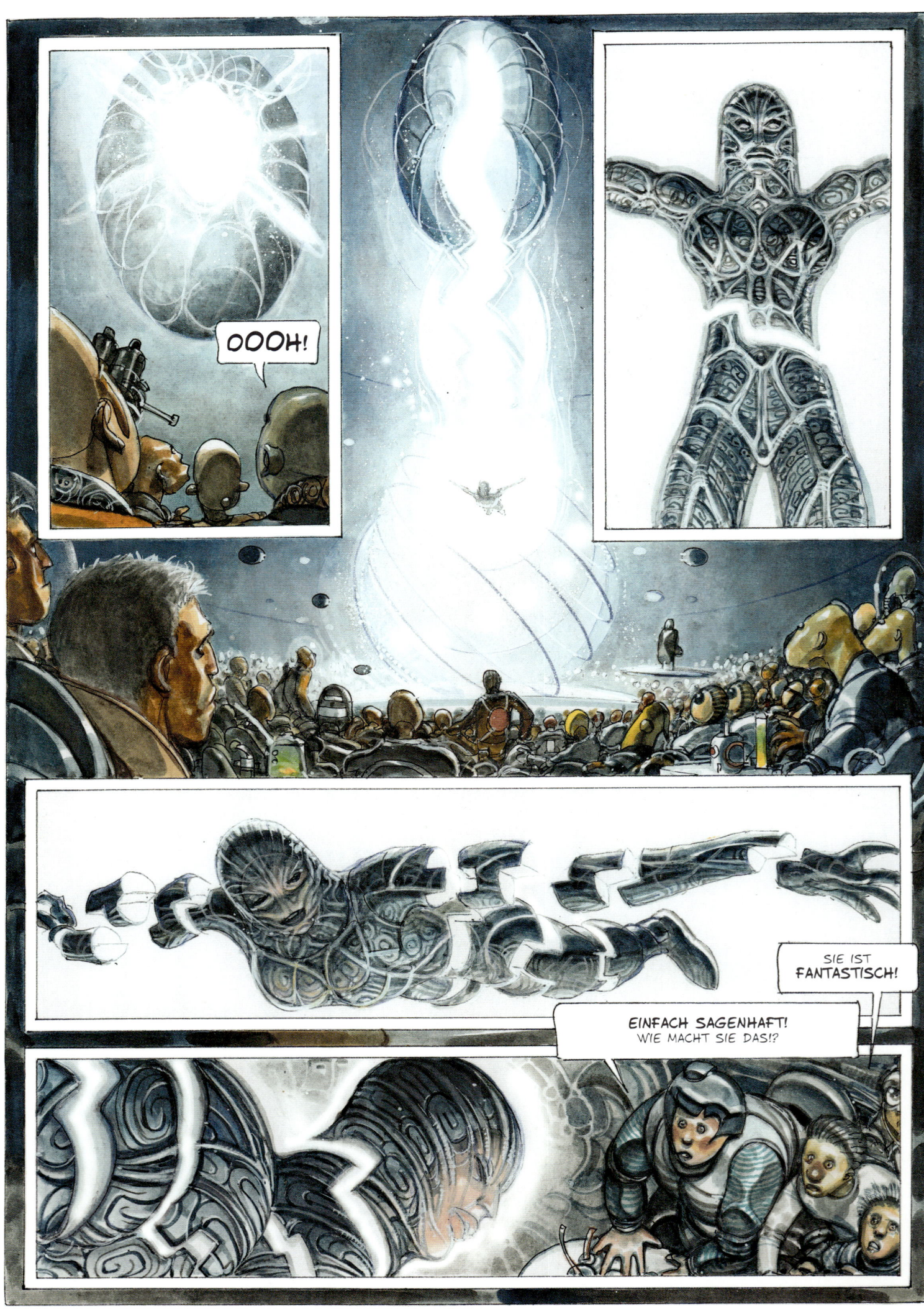

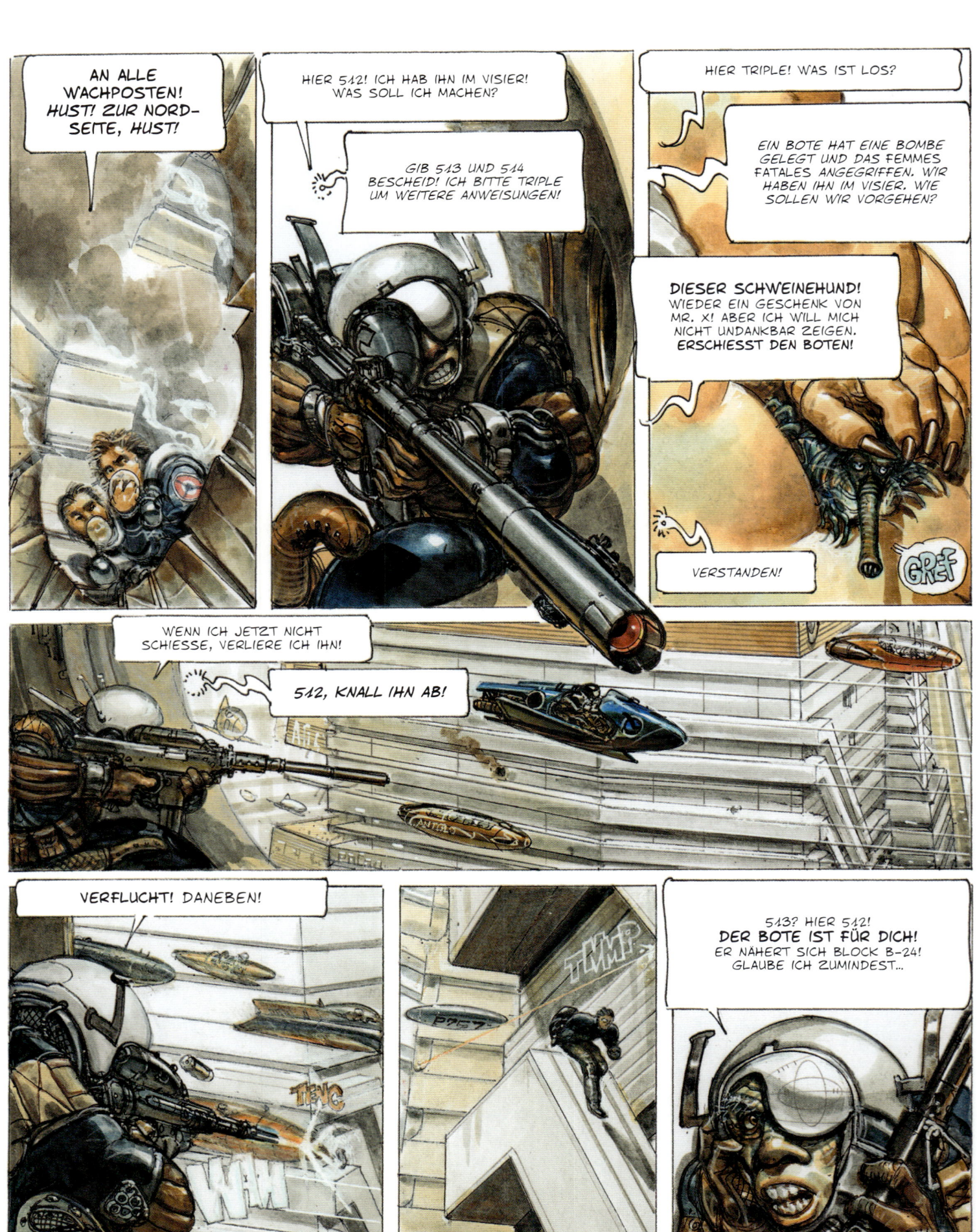

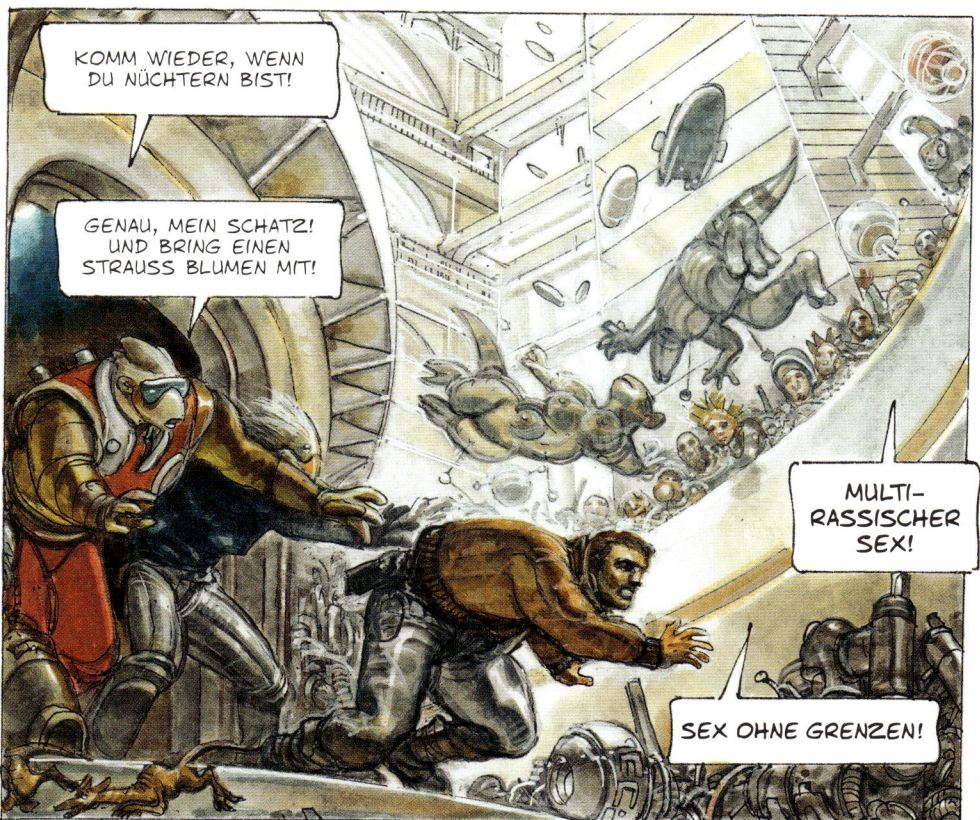

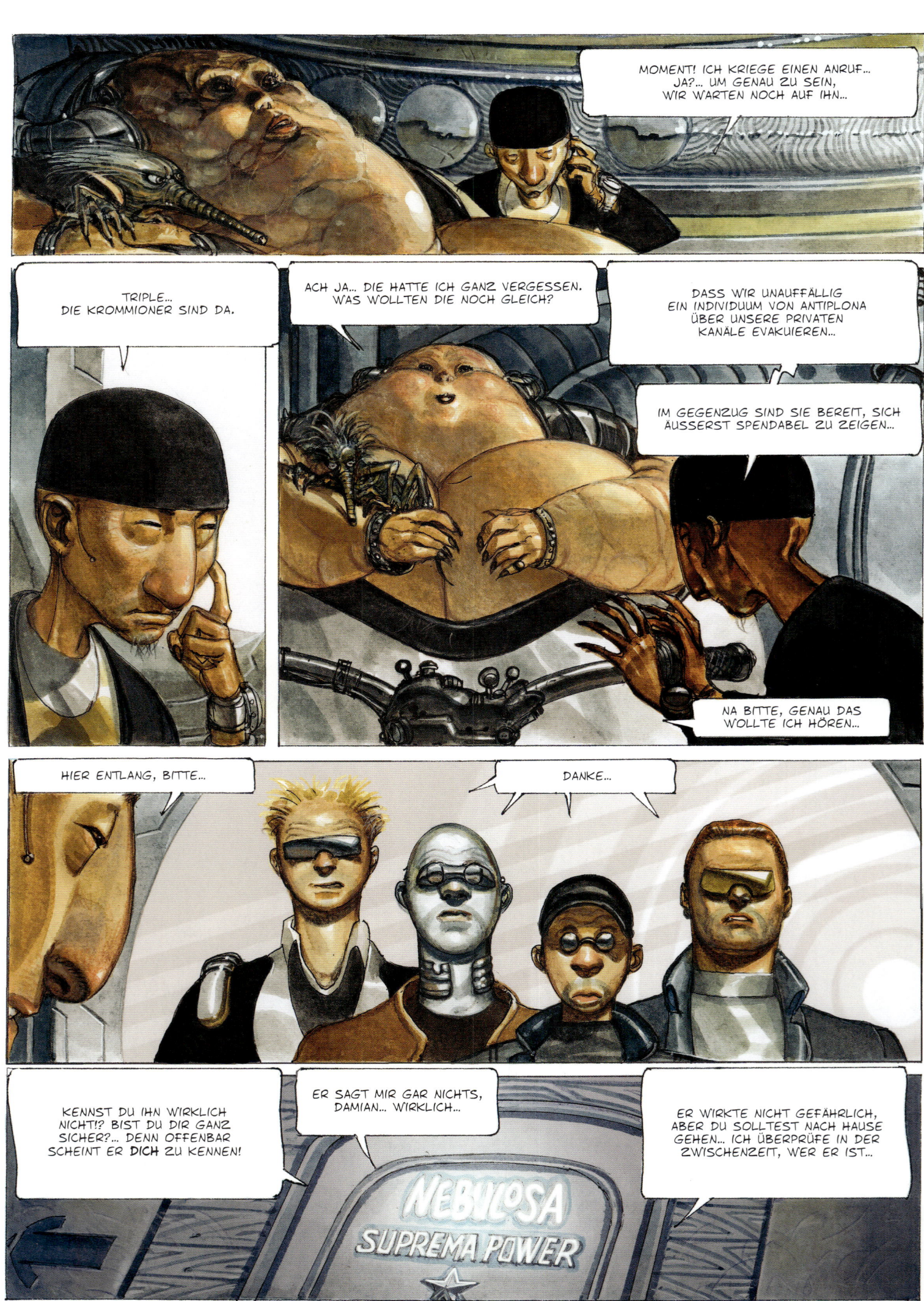

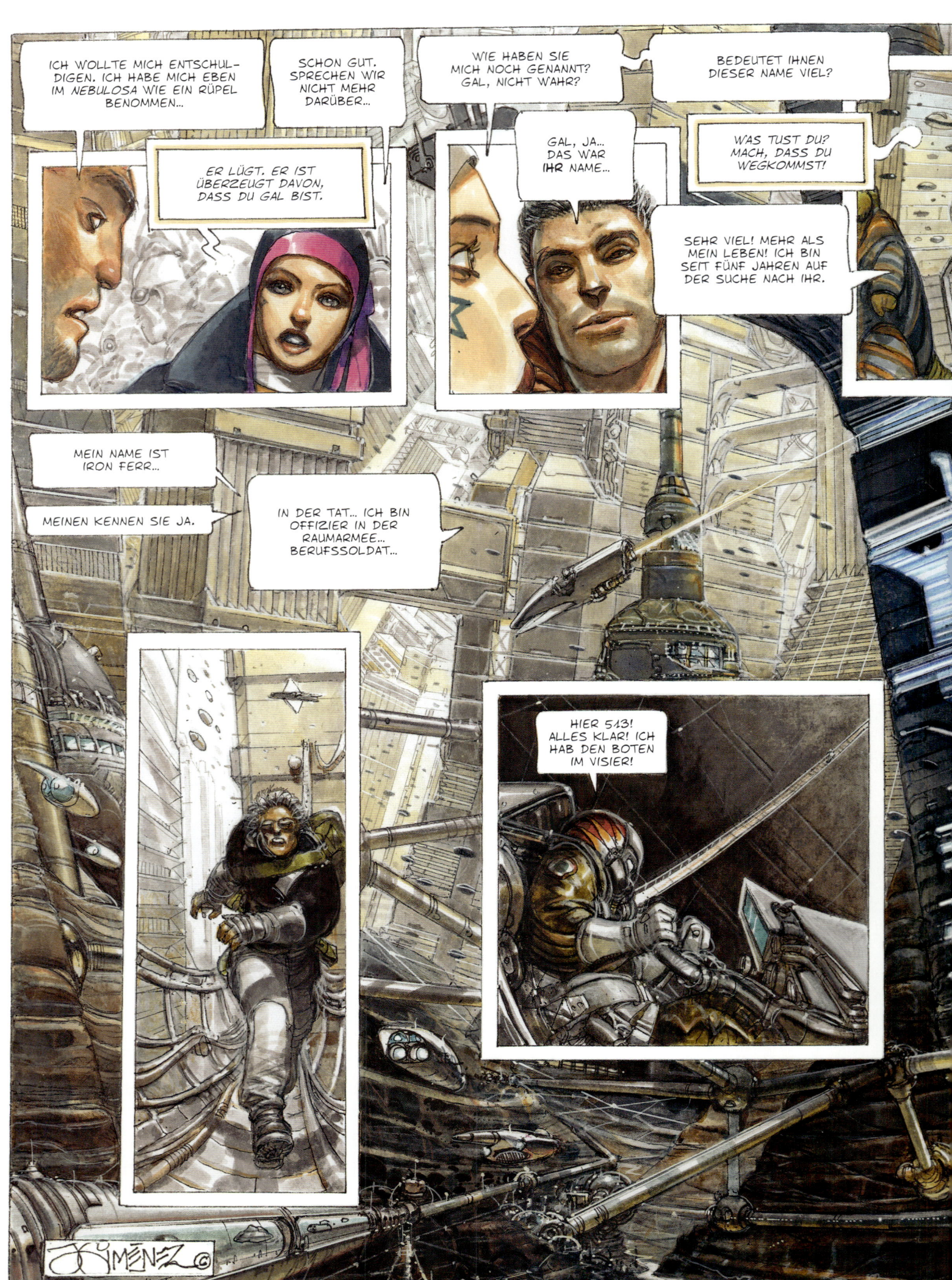

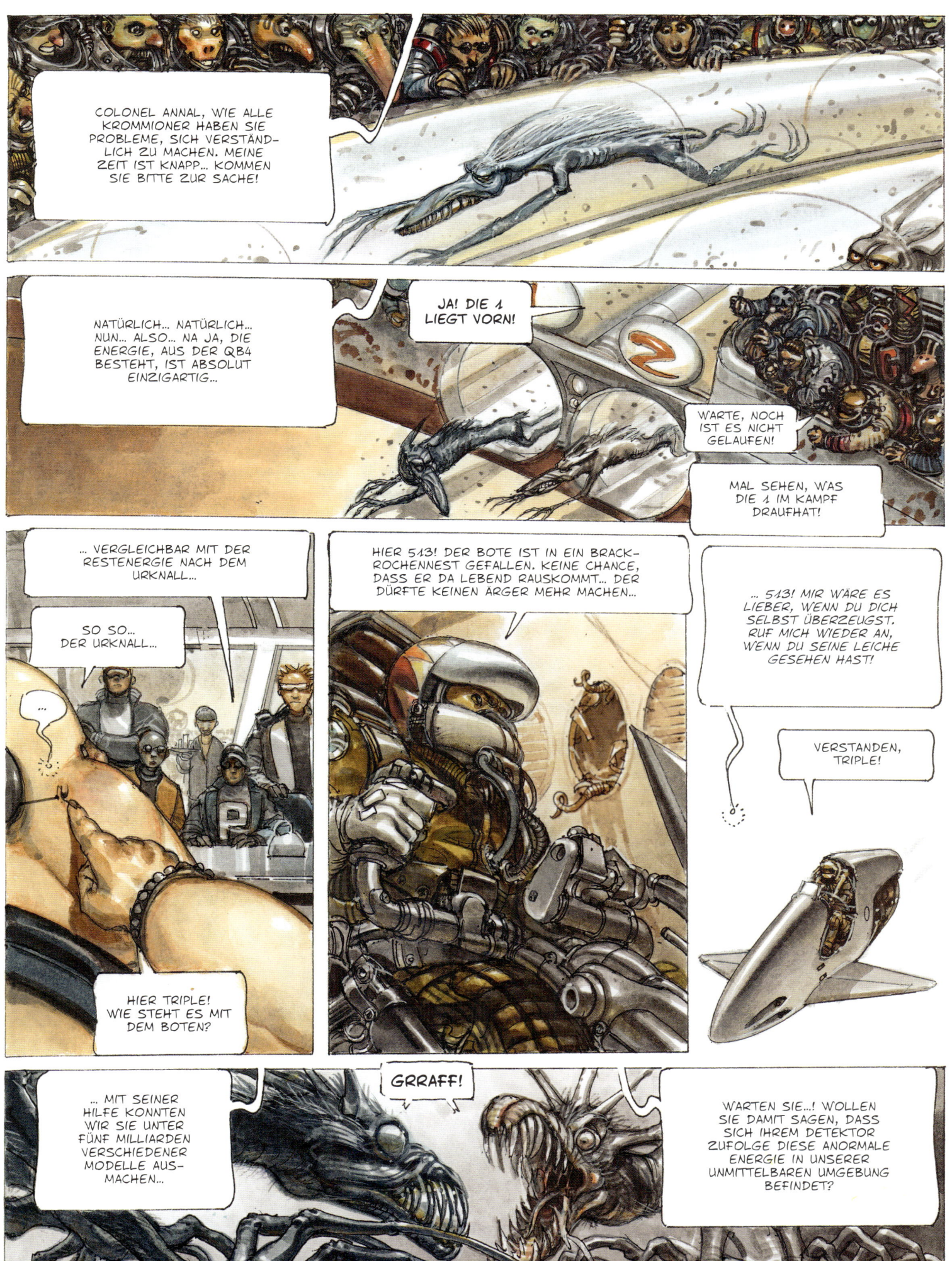

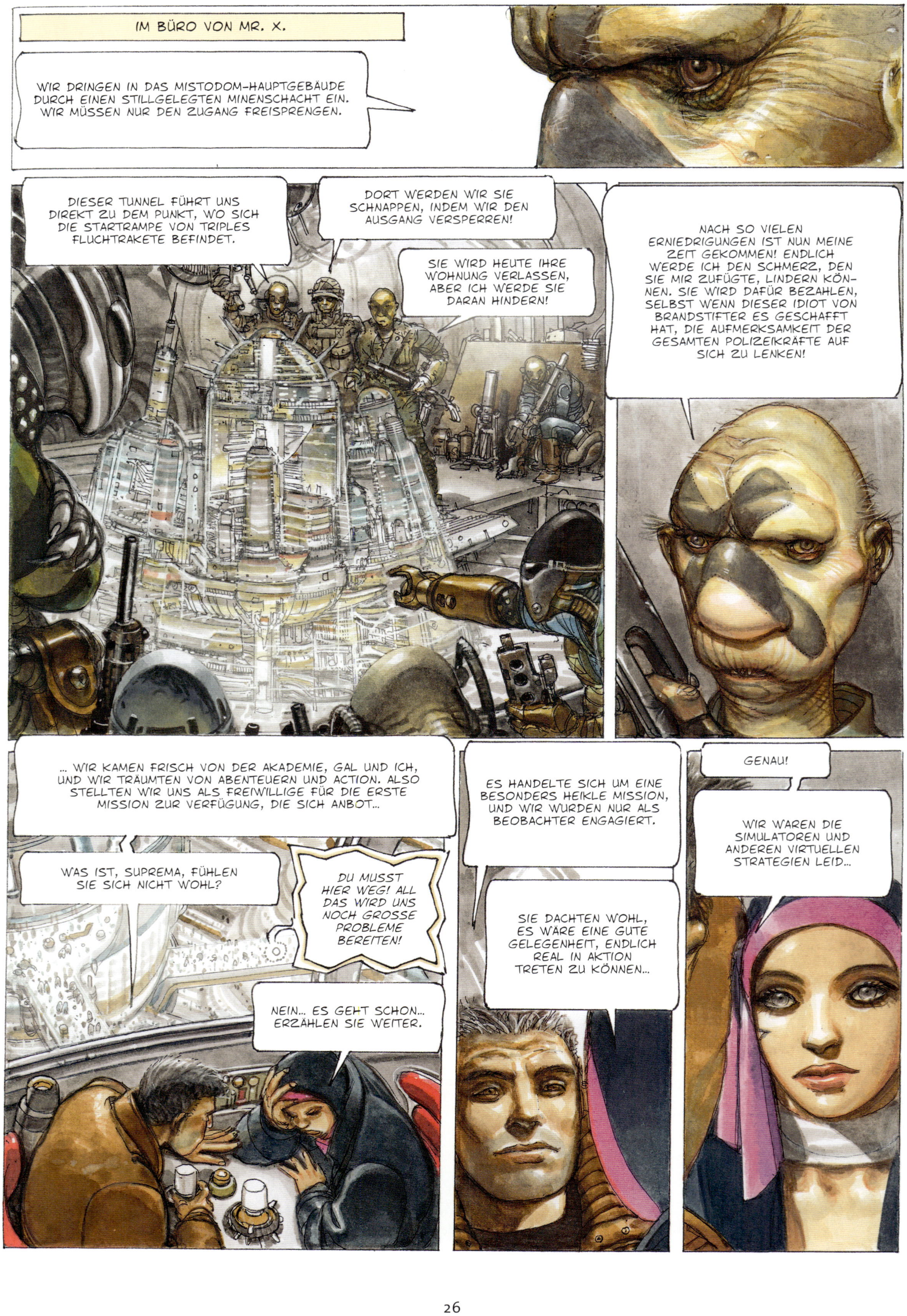

IM BÜRO VON MR. X.

WIR DRINGEN IN DAS MISTODOM-HAUPTGEBÄUDE DURCH EINEN STILLGELEGTEN MINENSCHACHT EIN. WIR MÜSSEN NUR DEN ZUGANG FREISPRENGEN.

DIESER TUNNEL FÜHRT UNS DIREKT ZU DEM PUNKT, WO SICH DIE STARTRAMPE VON TRIPLES FLUCHTRAKETE BEFINDET.

DORT WERDEN WIR SIE SCHNAPPEN, INDEM WIR DEN AUSGANG VERSPERREN!

SIE WIRD HEUTE IHRE WOHNUNG VERLASSEN, ABER ICH WERDE SIE DARAN HINDERN!

NACH SO VIELEN ERNIEDRIGUNGEN IST NUN MEINE ZEIT GEKOMMEN! ENDLICH WERDE ICH DEN SCHMERZ, DEN SIE MIR ZUFÜGTE, LINDERN KÖNNEN. SIE WIRD DAFÜR BEZAHLEN, SELBST WENN DIESER IDIOT VON BRANDSTIFTER ES GESCHAFFT HAT, DIE AUFMERKSAMKEIT DER GESAMTEN POLIZEIKRÄFTE AUF SICH ZU LENKEN!

... WIR KAMEN FRISCH VON DER AKADEMIE, GAL UND ICH, UND WIR TRÄUMTEN VON ABENTEUERN UND ACTION. ALSO STELLTEN WIR UNS ALS FREIWILLIGE FÜR DIE ERSTE MISSION ZUR VERFÜGUNG, DIE SICH ANBOT...

ES HANDELTE SICH UM EINE BESONDERS HEIKLE MISSION, UND WIR WURDEN NUR ALS BEOBACHTER ENGAGIERT.

GENAU!

WIR WAREN DIE SIMULATOREN UND ANDEREN VIRTUELLEN STRATEGIEN LEID...

WAS IST, SUPREMA, FÜHLEN SIE SICH NICHT WOHL?

DU MUSST HIER WEG! ALL DAS WIRD UNS NOCH GROSSE PROBLEME BEREITEN!

SIE DACHTEN WOHL, ES WÄRE EINE GUTE GELEGENHEIT, ENDLICH REAL IN AKTION TRETEN ZU KÖNNEN...

NEIN... ES GEHT SCHON... ERZÄHLEN SIE WEITER.

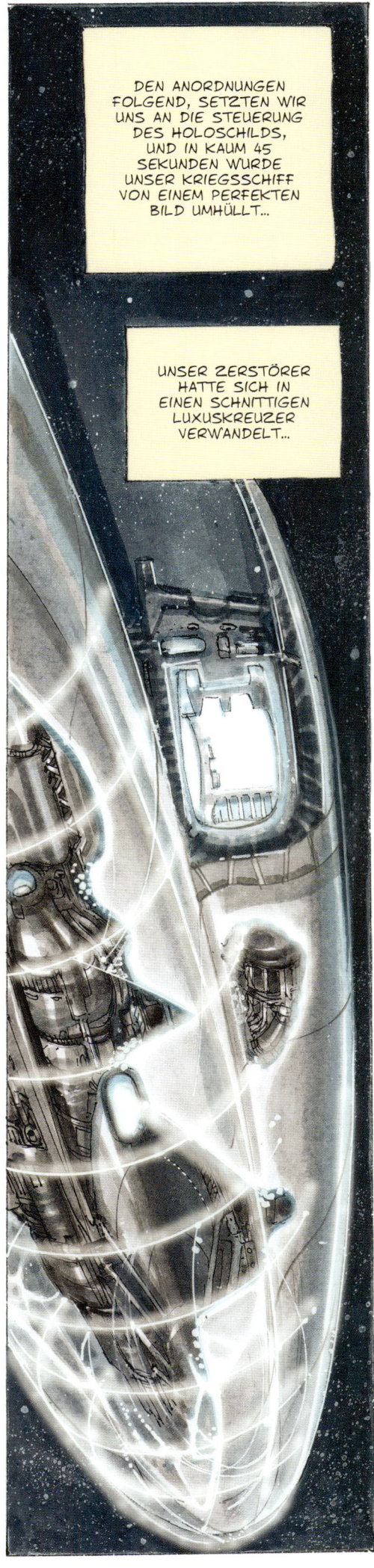

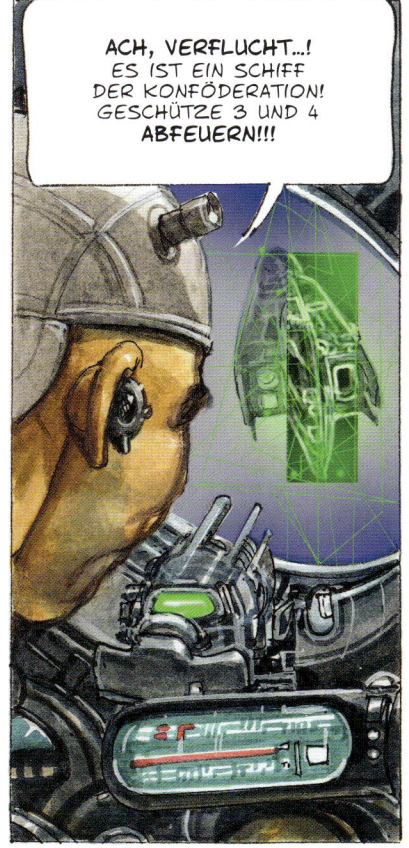

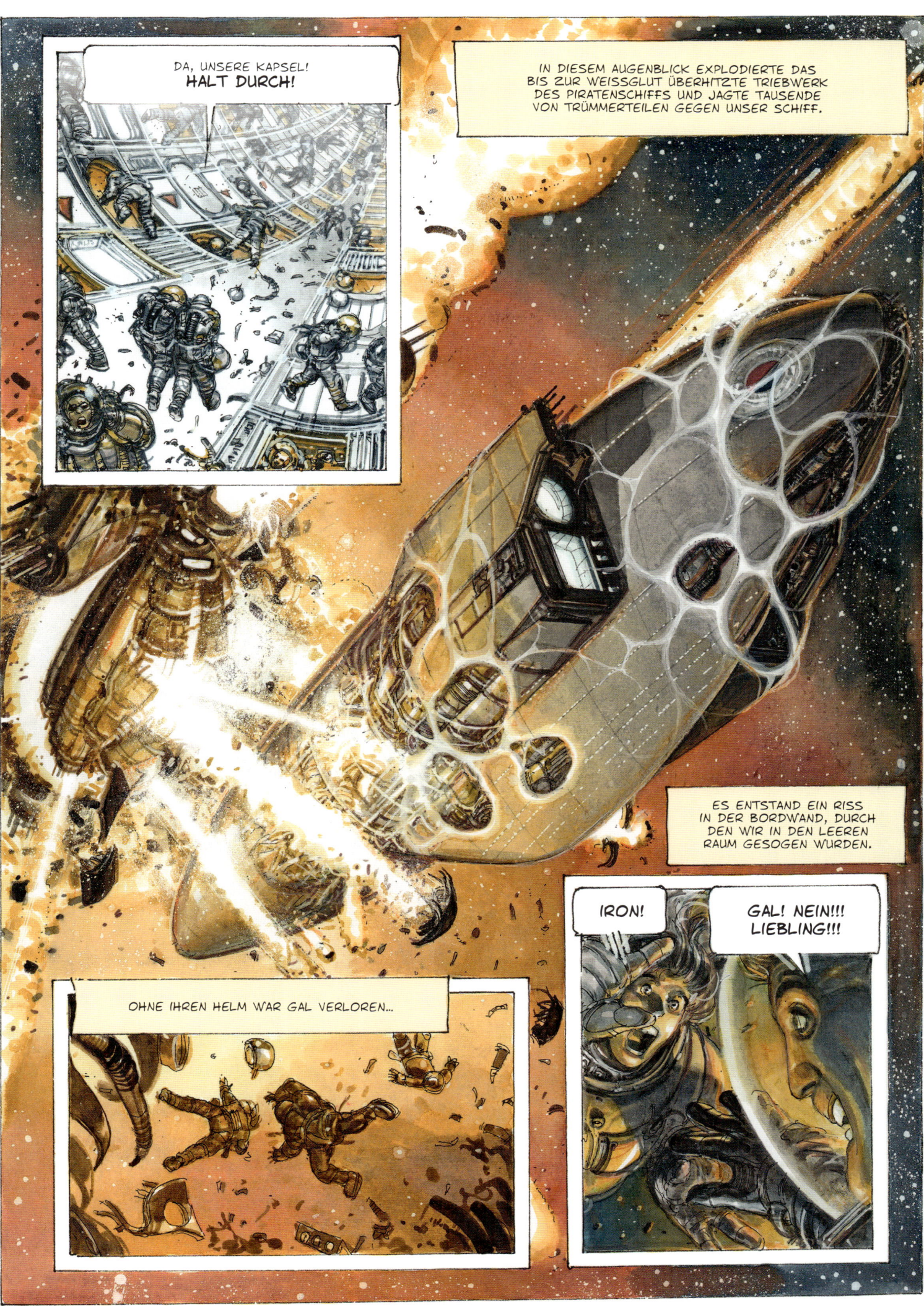

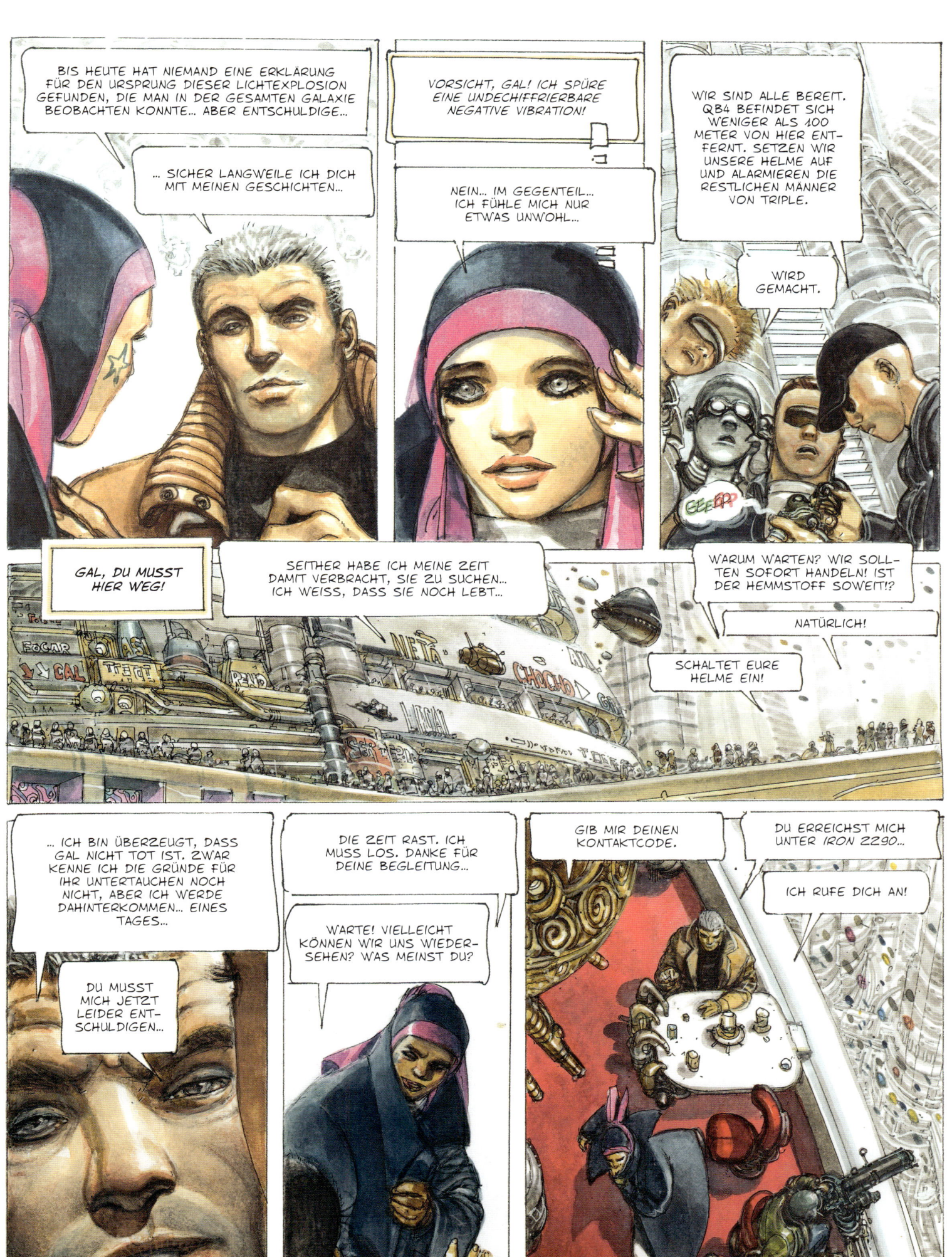

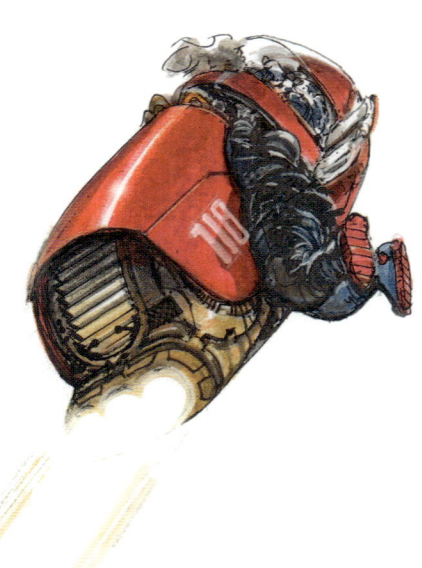

VERFLUCHTES BIEST! DU KOMMST NICHT WEIT! HALT DAS DING AN!!!

SONST REISS ICH DIR DEN ARM AUS!

GROSSMAUL! DU HAST NICHT MAL EINEN SENSORHELM AUF!

CIAO, BLÖDMANN!

MEINE HÄNDE! NEIN... NEIN!

HEXE!!!

FANTASTISCH! SIE HAT ES GESCHAFFT, IHM ZU ENTKOMMEN!

DAS HARTE DING, DAS DU IM KREUZ SPÜRST, IST KEIN NIERENSTEIN, UND ES KANN DIR WEITAUS MEHR SCHMERZEN BEREITEN ALS EINE NIERENKOLIK...! VORWÄRTS, UND SPIEL BLOSS NICHT DEN HELDEN!

DIE KROMMIONER... SIE SUCHEN MICH IMMER NOCH... NACH ALL DER ZEIT...

DER ALPTRAUM SCHEINT NIE AUFZU-HÖREN! DIE PEST SOLL SIE HOLEN! UND JETZT HABEN SIE IRON!

NICHT NÖTIG, IHN ZU SUCHEN. SIE WERDEN IHN BENUTZEN, UM UNS ZU FANGEN! SIE WERDEN IHM NICHTS TUN...

OH JA! DIE KROMMIO-NER SIND ZURÜCK...

DU WUSSTEST ES! DAS WAR KEINE GUTE IDEE... UND DANN DIESER IRON...

... SOLANGE SIE GLAUBEN, DASS ER IHNEN ALS TAUSCHOBJEKT DIENEN KANN...

ICH MUSS UMKEHREN! SOFORT!

NEIIIN!

ER IST DAS EINZIGE, WAS FÜR MICH ZÄHLT! ICH WILL IHN NICHT NOCH EINMAL VERLIEREN!

NIE MEHR!

NIE MEHR!

OH NEIIIN!

WIE ICH SEHE, SIND DEINE ERINNERUNGEN ZURÜCKGEKEHRT... ABER DU WIRST NIE MEHR DIE GAL VON FRÜHER SEIN. NIE MEHR!

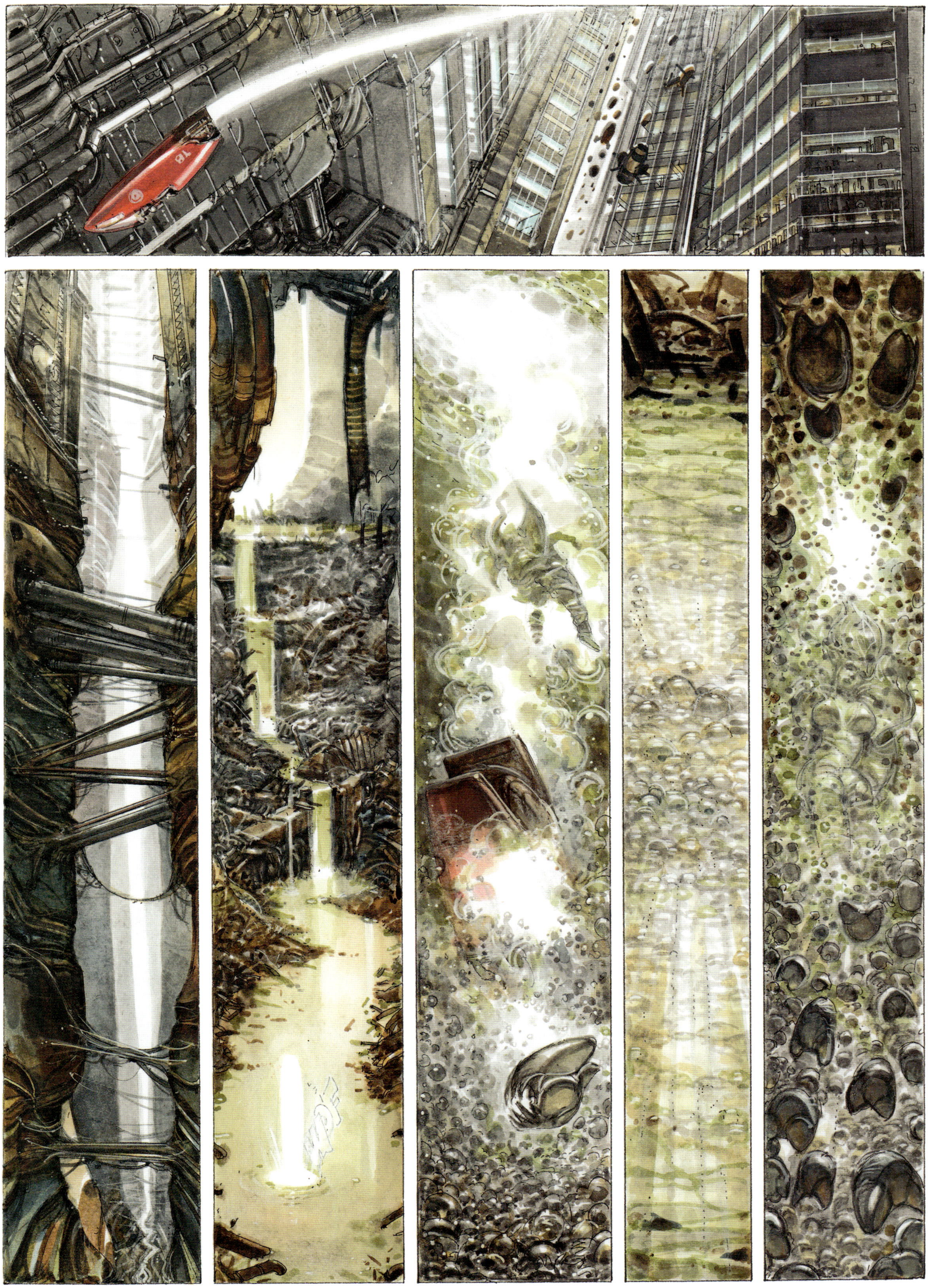

WACH AUF, GAL! TU ETWAS!!!

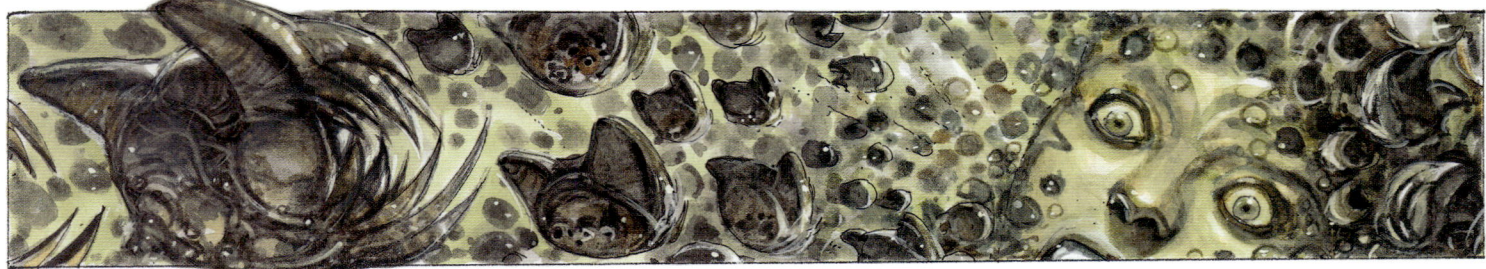

SIEH MAL EINER AN! SUPREMA POWER PERSÖNLICH! WELCH EINE EHRE... DEINE VORFÜHRUNG GERADE WAR MINDESTENS EBENSO INTERESSANT WIE DIE IM NEBULOSA...

NA JA, ICH STUDIERE GERADE EINE NEUE NUMMER EIN... WILLST DU EIN AUTOGRAMM?

VORSICHT, GAL! ER IST NICHT DER, DER ER ZU SEIN VORGIBT...

ICH VERSUCHE SCHON SEIT EINER STUNDE, DIESE KLOAKE VOLL MÖRDERISCHER SUPRANHAS ZU DURCHQUEREN, UND DU STEIGST VÖLLIG INTAKT AUS DIESEM TÜMPEL?

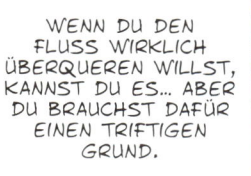

NEIN, DANKE...! ALLERDINGS TUT ES MIR LEID, DASS ICH NICHT DEN MUT HATTE, DIR ZU HELFEN...

NICHT WEITER SCHLIMM. KEIN VERNÜNFTIGER MENSCH WÜRDE HIER FREIWILLIG EIN BAD NEHMEN...

WENN DU DEN FLUSS WIRKLICH ÜBERQUEREN WILLST, KANNST DU ES... ABER DU BRAUCHST DAFÜR EINEN TRIFTIGEN GRUND.

EINEN TRIFTIGEN GRUND? ICH HABE GLEICH MEHRERE... ZUM BEISPIEL DAS GRÖSSTE UNGEZIEFER IN DIESEM ABSCHNITT DER GALAXIE ZU ELIMINIEREN, GENANNT TRIPLE, SOWIE IHREN LEUTNANT UND GELIEBTEN, DIESEN MIESEN MI-LU. VIELLEICHT KENNST DU DIE BEIDEN? DAS NEBULOSA GEHÖRT IHNEN...

GANZ ZU SCHWEIGEN VON DEN ILLEGALEN SPIELHÖLLEN UND ANDEREN AKTIVITÄTEN DIESER ART, WIE DEM HANDEL MIT EXOTISCHEN RASSEN...

NATÜRLICH KENNE ICH TRIPLE, SIE WAR ES, DIE MICH EINGESTELLT HAT, ZUSAMMEN MIT EINEM GEWISSEN MR. X... IHREN CHINESISCHEN LEUTNANT KENNE ICH ALLERDINGS NICHT...

NAJA, JEDENFALLS SIND DIE ALLE MEINE ZIELSCHEIBEN.

OKAY, DIE SACHE GEHT MICH NICHTS AN. ICH MUSS EINEM FREUND HELFEN, DER IN DER PATSCHE SITZT, UND DIE ZEIT DRÄNGT. VIEL GLÜCK NOCH MIT DEINEN ZIELSCHEIBEN...

SEKUNDE!

HILF MIR DORT RÜBERZUKOMMEN! DANN GEHT JEDER SEINER WEGE... HE, WAS MACHST DU DENN DA?!

ICH RETTE DIR DAS LEBEN!

VERDAMMT!
DAS MUSS EINER VON DEINEN FREUNDEN SEIN... ALLES KLAR?
JA, DAS SIND SIE, GANZ SICHER... JETZT IST ALLES GELAUFEN!
HEY! NICHT SCHIESSEN! HÖRT MAL HER!
VOLLIDIOTEN!
HAB ICH DOCH GESAGT!
KANNST DU DAMIT UMGEHEN!?
NEIN... DAS BRAUCHE ICH NICHT.
OKAY! SCHLUSS MIT LUSTIG! LEGT DIE WAFFEN AUF DEN BODEN UND NEHMT DIE HÄNDE HOCH, DAMIT ICH SIE SEHE!
ZEIT FÜR EIN BAD, KUMPEL. GEH ZUR SEITE, LADY! WIR WOLLEN NUR IHN WASCHEN!
WAS SOLL DAS?! NEHMT SOFORT DIE WAFFEN RUNTER, ODER IHR WERDET ES BEREUEN!

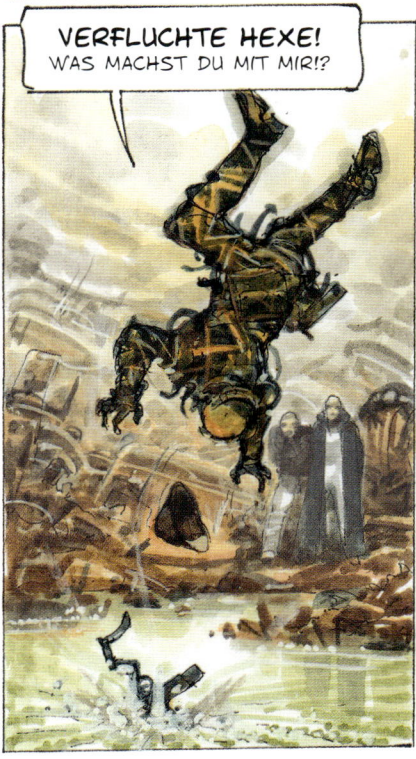

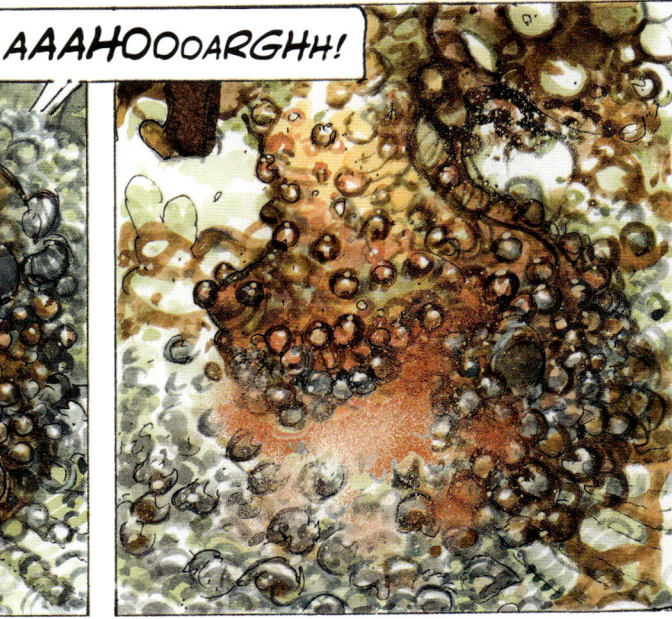

WIR BEREUEN SPÄTER, OKAY? JETZT VERSCHWINDE ERST MAL!!!

HMM... OFFENSICHTLICH BALLERST DU GERN IN DER GEGEND RUM... NA, DANN MACH SCHÖN WEITER!

HEY!!! MEINE HÄNDE!!!

AAAH!

ICH KANN NICHTS DAFÜR! ICH KANN NICHT AUFHÖREN...! SIE IST ES! SIE MACHT DAS!!!

AAAH!

VERFLUCHTE HEXE! WAS MACHST DU MIT MIR!?

AAAHOOOARGHH!

OKAY, WIR SOLLTEN WOHL BESSER FREUNDE SEIN. ICH WERDE DIR NIE WIDERSPRECHEN. MEIN NAME IST J.A.K.

SEHR SCHÖN, J.A.K.... DU KANNST JETZT AUFHÖREN ZU SIMULIEREN...

SIMULIEREN?! WOVON REDEST DU? MEINST DU ETWA, DIE WUNDE SEI NICHT ECHT?!

NEIN, DEINE HAUT IST ES, DIE NICHT ECHT IST...

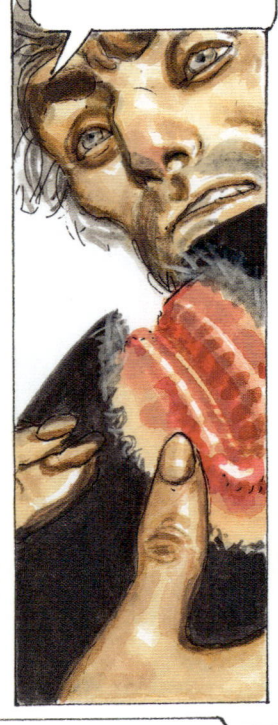

ICH WERDE DIE WUNDE TROTZDEM VERSCHLIESSEN...

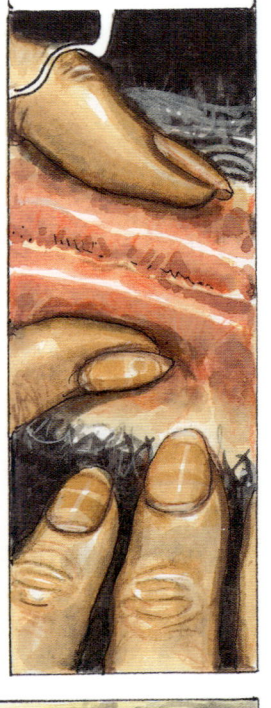

DU WIRST KEINE NARBE BEHALTEN!

DANKE! DIESE HAUTQUALITÄT FINDET MAN NICHT SO LEICHT!

BEI GELEGENHEIT ERZÄHLE ICH DIR DIE GESCHICHTE MEINER SYNTHETISCHEN HAUT. ICH BIN NÄMLICH NICHT DER, DER ICH ZU SEIN SCHEINE...

MAN MUSS SICH NICHT SCHÄMEN, EIN ANDROIDE ZU SEIN... HIER IST ÜBRIGENS DIE STELLE, WO WIR DEN FLUSS ÜBERQUEREN MÜSSEN, UND ZWAR MIT HILFE...

... EINER IMPROVISIERTEN BRÜCKE!
ICH WÜRDE DIR JA GERN ZUR HAND GEHEN, ABER ICH FÜHLE MICH ETWAS SCHLAPP...
GEHEN WIR!
BEEIL DICH! WIR SOLLTEN DRÜBEN SEIN, BEVOR DIE SUPRANHAS DAS ROHR AUFFRESSEN!
... ES WIRD ZEIT! WIR WERDEN DIESEM CHINESEN ZEIGEN, WAS PASSIERT, WENN MAN EINEN TEILHABER BETRÜGT UND DESSEN GROSSE LIEBE VÖGELT...
SIE SIND SO ROMANTISCH, CHEF!
DANKE, KINDER! GEHEN WIR!

HIER HIGGINS, INSPEKTOR... ICH BIN IN POSITION!
SEHR GUT, HIGGINS! SEKUNDE NOCH...
... GERADE HAT MAN MICH INFORMIERT, DASS MR. X UND SEINE TRUPPE ZU EINEM UNBEKANNTEN ZIEL AUFGEBROCHEN SIND... BLEIBEN SIE IN ALARMBEREITSCHAFT!
ICH BIN HÖCHST ALARMIERT, INSPEKTOR!
GUT, HIGGINS!
M7
ORODOMO
ZUR SELBEN ZEIT...
UNFASSBAR! DEM SIGNAL NACH KOMMT QB4 DIREKT AUF UNS ZU...
BEP BEP
LEUTNANT IRON, SIEHT SO AUS, ALS KÄME MAN SIE HOLEN!
SOBALD WIR SIE GESCHNAPPT HABEN, SETZEN WIR IHR DEN NEUTRALISATOR-HELM AUF! BIS DAHIN...
... BENUTZEN WIR UNSERE SENSORENHELME!

SEID VORSICHTIG! MACHT NICHT ZWEIMAL DENSELBEN FEHLER! UNSERE HELME ALLEIN GENÜGEN NICHT, UM EINER SUPRAMENTALEN KRAFT WIE DER VON QB4 STAND- ZUHALTEN...

GAL!

SO EINFACH MACH ICH ES EUCH NICHT!

ACHTUNG!

HEY! DER NEUTRALISATOR- HELM!

MEIN GOTT, WIE DRAMATISCH!

NICHT SCHIESSEN, IHR IDIOTEN!

IHRE AKTION IST VÖLLIG AUSSICHTSLOS, LEUTNANT!
NICHT UNBEDINGT!
ACHTUNG, ER ENTKOMMT!
GAL! MEIN SCHATZ! SIE WERDEN DICH NICHT KRIEGEN!
SIE HABEN DIE PARTY OHNE UNS BEGONNEN!
NEIN, NEIN, NEIN! LIEBLING, NEIN!!!
INSPEKTOR! GERADE IST EIN MANN AUS TRIPLES SCHLUPFWINKEL IN DIE TIEFE GESTÜRZT...
HIGGIN
GREIFEN SIE EIN, HIGGINS!

… 9.750 METER TIEFER…

IRON! NEIIIN! DAS IST MEINE SCHULD…

TUT MIR LEID, DASS ICH DIR NICHT HELFEN KANN, MEINE SCHÖNE, ABER ICH WEISS NICHT, WAS ICH TUN SOLL…

IRON! NEIN! NEIN…

HALT! POLISPACE! KEINE BEWEGUNG! UND LEGT DIE WAFFEN NIEDER! SOFORT!

HEY, WARTET! DER TYP IST VON GANZ ALLEIN GESPRUNGEN!

ARGHH!

SIE GREIFEN UNS AN! FEUER!!!

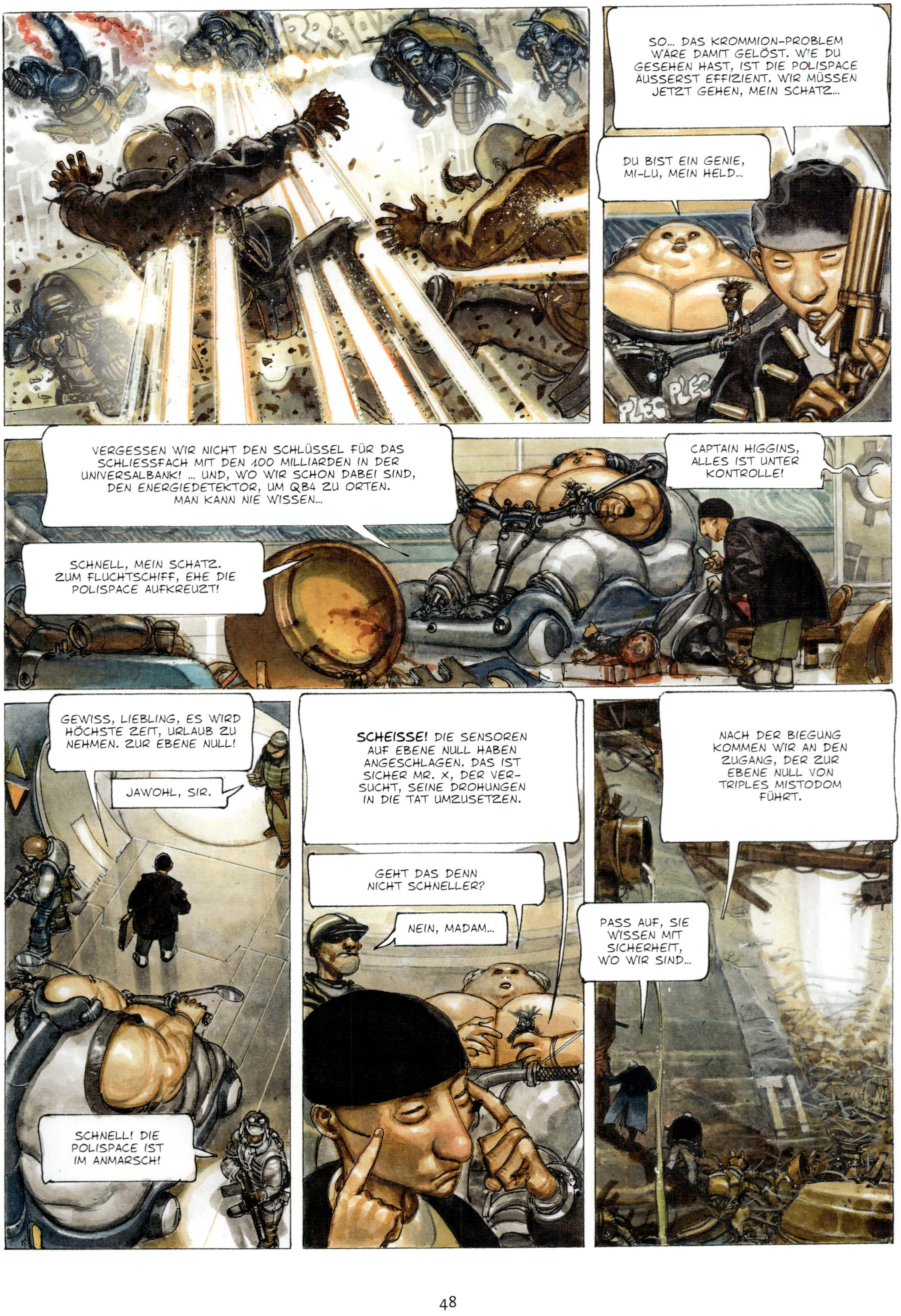
SO... DAS KROMMION-PROBLEM WÄRE DAMIT GELÖST. WIE DU GESEHEN HAST, IST DIE POLISPACE ÄUSSERST EFFIZIENT. WIR MÜSSEN JETZT GEHEN, MEIN SCHATZ...
DU BIST EIN GENIE, MI-LU, MEIN HELD...
PLEC PLEC
VERGESSEN WIR NICHT DEN SCHLÜSSEL FÜR DAS SCHLIESSFACH MIT DEN 100 MILLIARDEN IN DER UNIVERSALBANK! ... UND, WO WIR SCHON DABEI SIND, DEN ENERGIEDETEKTOR, UM QB4 ZU ORTEN. MAN KANN NIE WISSEN...
CAPTAIN HIGGINS, ALLES IST UNTER KONTROLLE!
SCHNELL, MEIN SCHATZ. ZUM FLUCHTSCHIFF, EHE DIE POLISPACE AUFKREUZT!
GEWISS, LIEBLING, ES WIRD HÖCHSTE ZEIT, URLAUB ZU NEHMEN. ZUR EBENE NULL!
JAWOHL, SIR.
SCHNELL! DIE POLISPACE IST IM ANMARSCH!
SCHEISSE! DIE SENSOREN AUF EBENE NULL HABEN ANGESCHLAGEN. DAS IST SICHER MR. X, DER VERSUCHT, SEINE DROHUNGEN IN DIE TAT UMZUSETZEN.
GEHT DAS DENN NICHT SCHNELLER?
NEIN, MADAM...
NACH DER BIEGUNG KOMMEN WIR AN DEN ZUGANG, DER ZUR EBENE NULL VON TRIPLES MISTODOM FÜHRT.
PASS AUF, SIE WISSEN MIT SICHERHEIT, WO WIR SIND...

JA, DA IST DER ZUGANG, ABER VERBORGEN UNTER TONNEN VON TRÜMMERN... OHNE SPRENGSTOFF KOMMEN WIR DA NICHT REIN!

DEN BRAUCHEN WIR NICHT! GEH IN DECKUNG!

OKAY...

KRAMMM

INSPEKTOR, WIR HABEN DAS GESAMTE GEBÄUDE GESTÜRMT UND SIND KURZ DAVOR, DAS RAUMSCHIFF VON TRIPLE UND IHREM GEFOLGE ZU BETRETEN...

WIR HABEN GERADE NEUIGKEITEN VON MR. X UND SEINER TRUPPE ERHALTEN. SIE SIND IN DEN GEWÖLBEN, DIE INS MISTODOM FÜHREN. ÄUSSERSTE VORSICHT!

VERSTANDEN!

VERDAMMT, WAS IST DENN LOS? WARUM KOMMEN WIR NICHT AUF EBENE NULL?!
ENERGIE-AUSFALL!
BEP BEP BEP
APROPOS ENERGIE... DER QB4-DETEKTOR HAT SICH AKTIVIERT...
BEP BEP BEP BEP BEP BEP
NA BITTE, WIR SIND DRIN! DORT SIND DIE AUFZÜGE.
ICH HAB EIN UNGUTES GEFÜHL...
HIER LANG. WIR SIND GANZ IN DER NÄHE...
IRON!
MEIN LIEBLING, NEIIIN! IRON!
ER HÖRT DICH NICHT MEHR, ER IST TOT! ER IST NUR NOCH BREI...
NEIN, NEIN! ICH KANN IHN RETTEN!
SEI DOCH VERNÜNFTIG, GAL!!!
ICH KANN ES!!!
ER IST TOT, SUPREMA POWER...
NEIN, ICH KANN IHN RETTEN!
VORSICHT, GAL!

AH, NA ALSO... ENDLICH AUF EBENE NULL!
VERDAMMTE SCHEISSE! SUPREMA POWER!?
SCHEISSE! TRIPLE!
UNFASSBAR, QB4!
ICH WERDE EUCH ALLE ZERSTÖREN!!!
SUPREMA! DU BIST GEFEUERT!
ZUM RAUMSCHIFF! SCHNELL!
FEHLT NUR NOCH MR. X, DANN SIND WIR VOLLZÄHLIG...

JEMAND HAT UNS DIE ARBEIT BEREITS ABGENOMMEN! DER EINGANG IST FREIGERÄUMT! WAS MACHEN WIR, MR. X?

WIR GEHEN REIN!

DIE MÄNNER VON MR. X SIND IM ZUGANG.

ES IST SOWEIT, HIGGINS! WENN ALLE IM SILO SIND, GREIFEN SIE EIN!

WIR HABEN SIE, MR. X. DAS SCHIFF WILL GERADE STARTEN.

PERFEKT! VORWÄRTS!

JEMAND TRAMPELT AUF MIR RUM!

DAS WAR SO NICHT VORGESEHEN, INSPEKTOR! SIE SIND UNS ZAHLENMÄSSIG ÜBERLEGEN!

BEHALTEN SIE DIE NERVEN, HIGGINS! DENKEN SIE DARAN, WAS ICH IHNEN BEIGEBRACHT HABE, ODER ICH ENTZIEHE IHNEN IHR DIPLOM!

SCHON GUT! SCHON GUT!

SUPREMA IST NOCH IMMER... AM LEBEN!

GAL! GAL! KOMM ZU DIR! LOS, GAL!

ICH HABE GESPÜRT, WIE SIE MICH GETRETEN HABEN, ALSO LEBE ICH.

GESCHAFFT! WIR HABEN WIEDER VERBINDUNG, GAL!

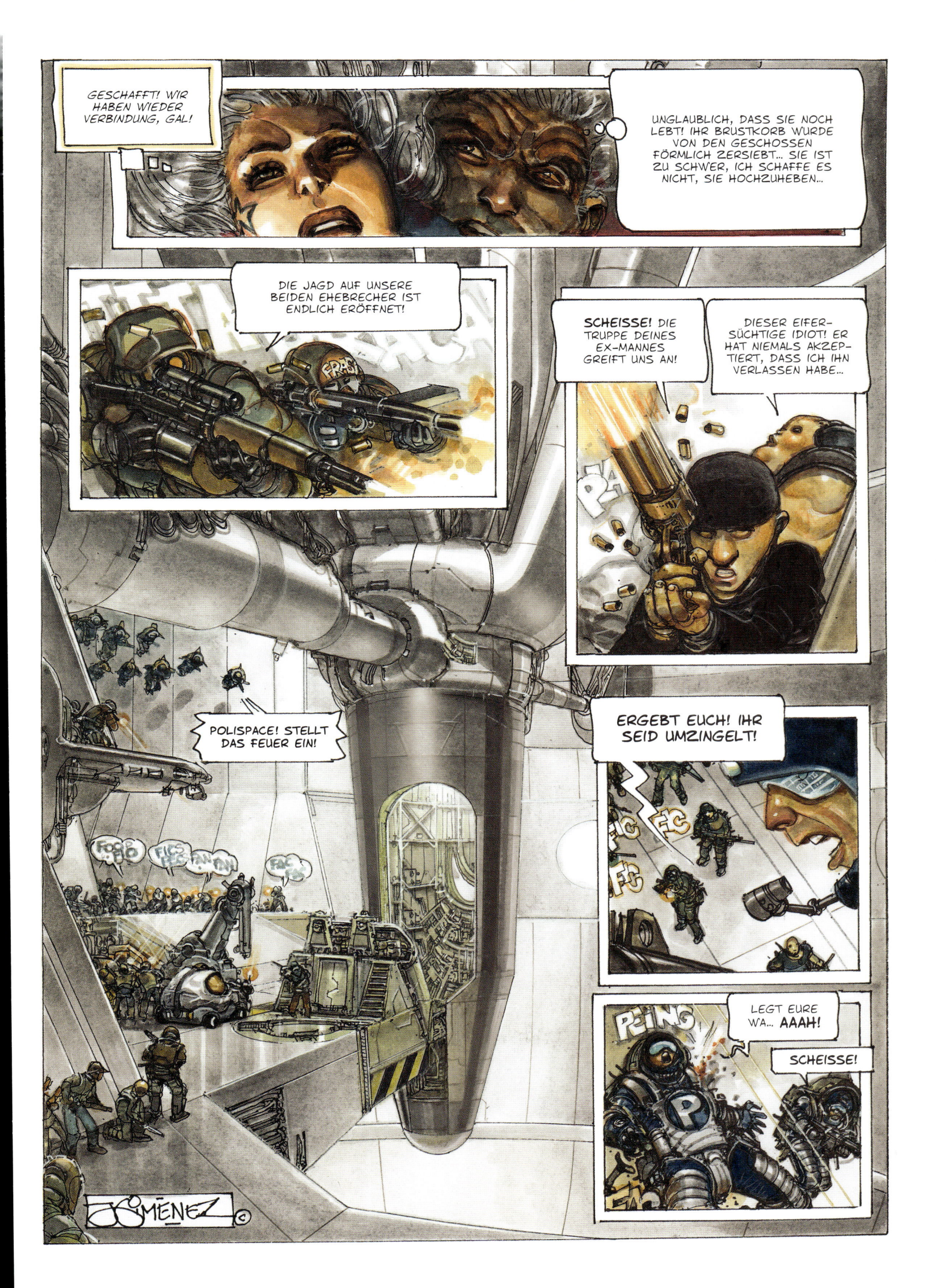

UNGLAUBLICH, DASS SIE NOCH LEBT! IHR BRUSTKORB WURDE VON DEN GESCHOSSEN FÖRMLICH ZERSIEBT... SIE IST ZU SCHWER, ICH SCHAFFE ES NICHT, SIE HOCHZUHEBEN...

DIE JAGD AUF UNSERE BEIDEN EHEBRECHER IST ENDLICH ERÖFFNET!

SCHEISSE! DIE TRUPPE DEINES EX-MANNES GREIFT UNS AN!

DIESER EIFERSÜCHTIGE IDIOT! ER HAT NIEMALS AKZEPTIERT, DASS ICH IHN VERLASSEN HABE...

POLISPACE! STELLT DAS FEUER EIN!

ERGEBT EUCH! IHR SEID UMZINGELT!

LEGT EURE WA... AAAH!

SCHEISSE!

HERZ FUNKTIONSTÜCHTIG. ARTERIEN VERSIEGELT...

LÄSIONEN REPARIERT. LUNGEN AKTIV...

ALLE WUNDEN HABEN SICH GESCHLOSSEN UND SIE ATMET GANZ NORMAL...

AAH!

ES GIBT VIEL ZU TUN, GAL! DIE ENERGIE FLIESST IN DEINE MUSKELN. LOS JETZT!

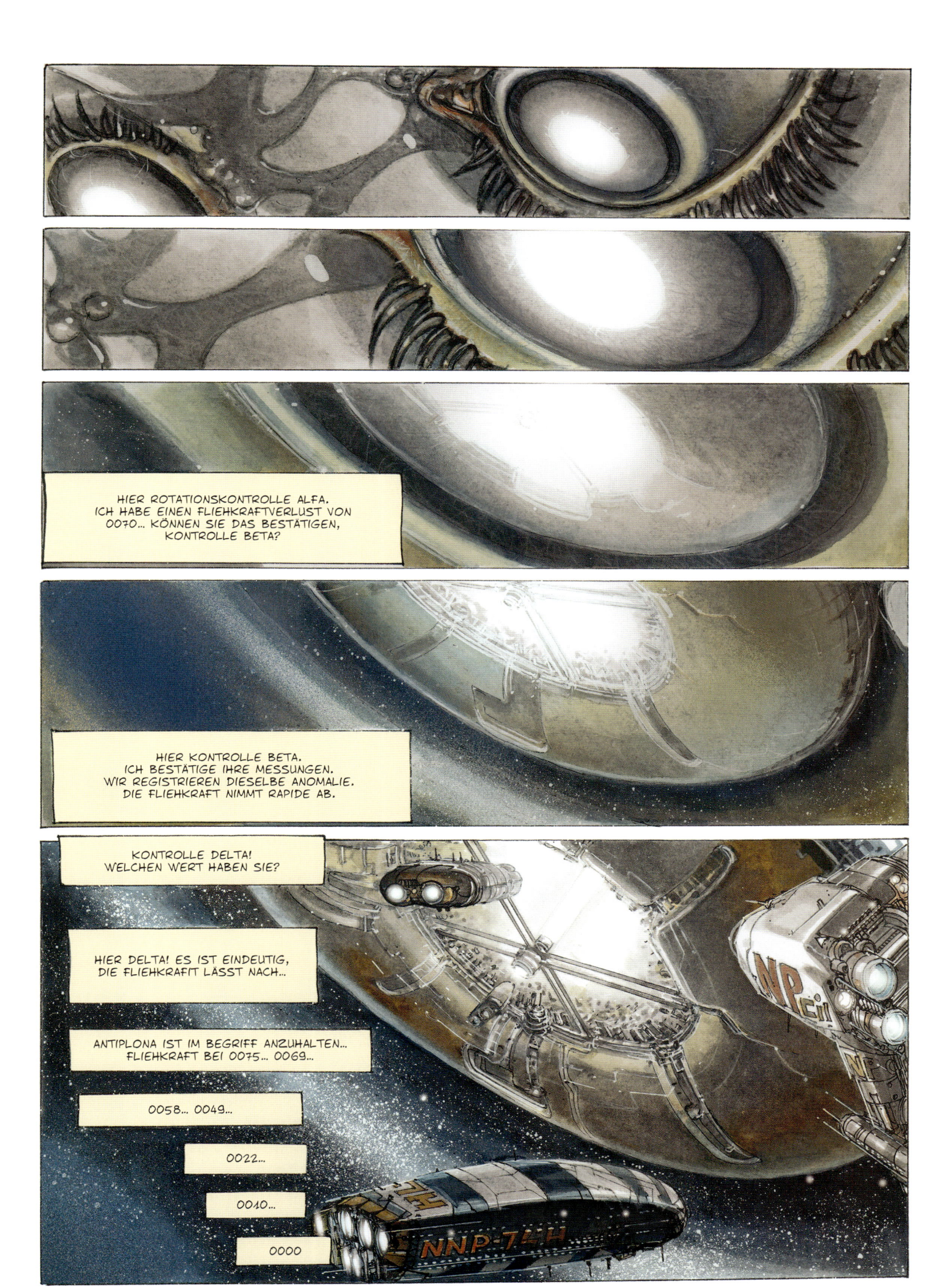

HIER ROTATIONSKONTROLLE ALFA.
ICH HABE EINEN FLIEHKRAFTVERLUST VON
0070... KÖNNEN SIE DAS BESTÄTIGEN,
KONTROLLE BETA?

HIER KONTROLLE BETA.
ICH BESTÄTIGE IHRE MESSUNGEN.
WIR REGISTRIEREN DIESELBE ANOMALIE.
DIE FLIEHKRAFT NIMMT RAPIDE AB.

KONTROLLE DELTA!
WELCHEN WERT HABEN SIE?

HIER DELTA! ES IST EINDEUTIG,
DIE FLIEHKRAFT LÄSST NACH...

ANTIPLONA IST IM BEGRIFF ANZUHALTEN...
FLIEHKRAFT BEI 0075... 0069...

0058... 0049...

0022...

0010...

0000

ES BESTEHT KEIN ZWEIFEL, TROTZ DER AUF HÖCHSTSTUFE LAUFENDEN GRAVITATIONS-GENERATOREN STEHT ANTIPLONA STILL.

ALLE SYSTEME ZUR VERMEIDUNG EINER HAVARIE SIND AKTIVIERT.

HIGGINS! OFFENBAR GIBT ES AUF ANTIPLONA EIN PROBLEM MIT DER GRAVITATION. WIE SIEHT ES BEI IHNEN DA UNTEN AUS?

KANN ICH NICHT SAGEN, INSPEKTOR... UNSERE ANTI-G-SYSTEME SIND AKTIVIERT...

MI-LU, MEIN SCHATZ, ICH FÜHLE MICH SO LEICHT WIE NOCH NIE...

HILFE!

DEINE LETZTE DIÄT ZEIGT IHRE WIRKUNG, MEIN ENGEL... KOMM, GEHEN WIR AN BORD.

ICH HABE KEINE KONTROLLE MEHR ÜBER MEINEN ROLLSTUHL! ICH... ICH SCHWEBE!

DIE SCHWERKRAFT SPIELT VERRÜCKT...

ZENTRALSTEUERUNG AN ALLE ABTEILUNGEN DES ZIVILSCHUTZES... VERLASSEN SIE UMGEHEND DIE FREI SCHWEBENDEN EINHEITEN UND BERGEN SIE ALLE UNGESICHERTEN UND ABGÄNGIGEN PERSONEN...

DER ASTROHAFEN BLEIBT GESPERRT! ES IST JEGLICHER PERSON UNTERSAGT, GEBÄUDE ODER FLIEGENDE SCHIFFE ZU VERLASSEN!

DAS IST DER RICHTIGE AUGENBLICK, UM ANTIPLONA ZU VERLASSEN. KOMMST DU, J.A.K.?

DAS KANNST DU AN BORD DES STARTKLAREN RAUMGLEITERS DA VORN TUN...

ICH MUSS KOTZEN...

ODER BIST DU SCHARF DARAUF, VON DER POLISPACE VERHÖRT ZU WERDEN?

ICH BIN DABEI, TRIPLE UND MI-LU FESTZUNEHMEN, ABER ICH KONNTE MR. X NOCH NICHT AUSMACHEN... ANSONSTEN HABEN SICH ALLE ERGEBEN. OHNE SCHWERKRAFT IST ES IHNEN UNMÖGLICH ZU FLIEHEN.
SEHR GUT, HIGGINS!
ICH ERGEBE MICH!! UND BITTE: NICHT LOSLASSEN!
BLEIB HIER UND HALT DICH AN DEM GESTÄNGE FEST!
SIE ÖFFNEN DIE RAUMLUKEN! ES WIRD EINEN FURCHTBAREN DRUCKABFALL GEBEN!
ICH WAR ES, DIE SIE GEÖFFNET HAT! ES WIRD ZEIT, DIESE MIESEN RATTEN ZU VERNICHTEN...
ICH FÜHL MICH ZIEMLICH UNWOHL! LASS MICH RUNTER, ICH WERDE MICH ERGEBEN...
TRIPLE UND MI-LU, IM NAMEN DES GESETZES, SIE SIND VERHAFTET! ICH WERDE IHNEN IHRE RECHTE VORLESEN...
LIES SIE DEINER MAMA VOR!
UND WAGE JA NICHT, UNS ANZURÜHREN!
5017

MI-LU! MEIN SCHATZ!
SHF
MI-LU, DU MISTKERL! ICH VERSTEHE, DASS SIE DIR DEN KOPF VERDREHT HAT, ABER TRIPLE GEHÖRT MIR!
DAS IST MR. X! SCHNAPPT IHN EUCH!
WIRF DIE WAFFE WEG!
WENN DU NICHT MIR GEHÖRST, DANN AUCH NIEMAND ANDEREM! ICH WERDE DICH TÖTEN, TRIPLE! ICH HABE NICHTS ZU VERLIEREN!
KLAPPE!
SCHNELL, TRIPLE! GEBEN SIE MIR IHRE HAND!
DU IDIOT! DU BIST NUR EIN VERDAMMTER LOSER! ICH HABE DICH NIEMALS GELIEBT!
ICH WILL NIE WIEDER WAS BÖSES TUN UND WERDE FÜR ALL MEINE TATEN BEZAHLEN, ABER BITTE, SUPREMA, LASS MICH HIER RAUS!
SEI STILL!
HALT! WER SIND SIE?! VERLASSEN SIE DEN GLEITER!
ICH WERDE DIE ROTATION DES PLANETOIDEN WIEDER IN GANG BRINGEN, ABER SEI BITTE STILL!
WER BIST DU WIRKLICH, SUPREMA? SO EINE ART MONSTER?
ICH, EIN MONSTER? OFFENSICHTLICH HAST DU DIE WELT, IN DER DU LEBST, NOCH NIE GENAUER BETRACHTET...! HALT DICH FEST, DIE ROTATION SETZT WIEDER EIN!
DU HAST RECHT, ICH BIN DAS MONSTER... KANN ICH JETZT AUSSTEIGEN?

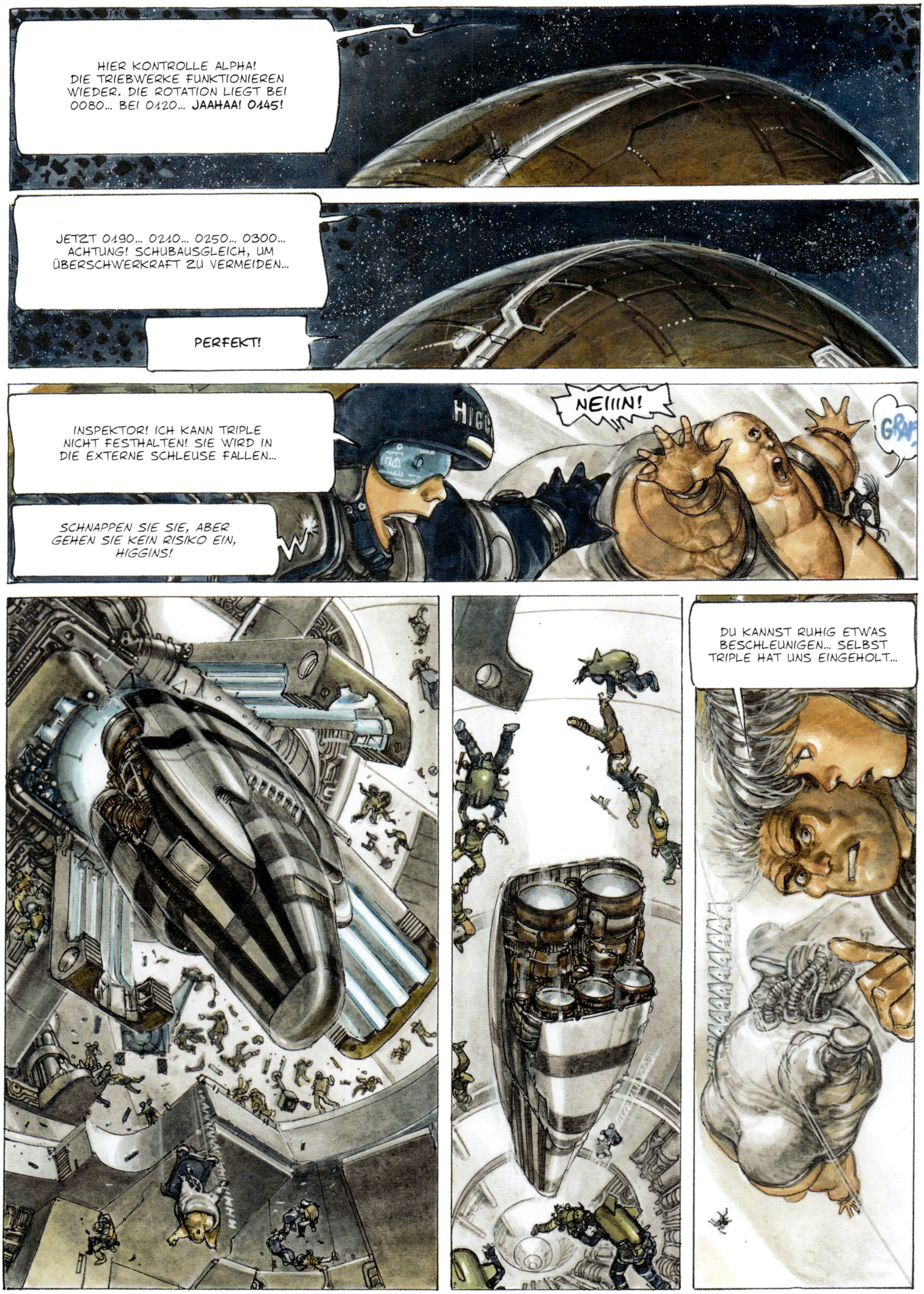

HIER KONTROLLE ALPHA! DIE TRIEBWERKE FUNKTIONIEREN WIEDER. DIE ROTATION LIEGT BEI 0080... BEI 0120... **JAAHAA! 0145!**
JETZT 0190... 0210... 0250... 0300... ACHTUNG! SCHUBAUSGLEICH, UM ÜBERSCHWERKRAFT ZU VERMEIDEN...
PERFEKT!
INSPEKTOR! ICH KANN TRIPLE NICHT FESTHALTEN! SIE WIRD IN DIE EXTERNE SCHLEUSE FALLEN...
NEIIIN!
SCHNAPPEN SIE SIE, ABER GEHEN SIE KEIN RISIKO EIN, HIGGINS!
DU KANNST RUHIG ETWAS BESCHLEUNIGEN... SELBST TRIPLE HAT UNS EINGEHOLT...

INSPEKTOR, DAS INNERE TOR DER SCHLEUSE HAT SICH GESCHLOSSEN... WAS WIEDERUM BEDEUTET, DASS SICH DAS ÄUSSERE SCHOTT GEÖFFNET HAT... KURZ: TRIPLE IST TOT...

ÜBRIGENS IST DIESE SCHLEUSE NICHT DER EINZIGE ZUGANG ZUM ALL. ANTIPLONA BESITZT UNZÄHLIGE ROHRSYSTEME, UM DEN MÜLL ZU ENTSORGEN...

WAS HEUTE BESONDERS GRÜNDLICH GESCHEHEN IST...

WISSEN SIE, WER TRIPLES SCHIFF STEUERT, HIGGINS?

NEIN, INSPEKTOR.

DAS ERKLÄRT AUCH DEN MÜLLRING, DER SICH DURCH DIE ANZIEHUNGSKRAFT RUND UM DEN PLANETOIDEN ANGESAMMELT HAT.

EINFACH IDEAL.

DORT WERDEN WIR UNS SO LANGE VERSTECKEN, BIS SICH DIE WOGEN AUF ANTIPLONA GEGLÄTTET HABEN. DANN SEHEN WIR WEITER...

FÜRS ERSTE, SUPREMA... ODER SOLLTE ICH DICH LIEBER... WIE WAR DAS GLEICH... QB4 NENNEN?

ICH HEISSE IMMER NOCH GAL. SUPREMA POWER IST MEIN KÜNSTLERNAME... UND DU, WIE HEISST DU?

MEIN NAME IST SCHWER ZU ÜBERSETZEN.	... VOR ALLEM, WEIL MIR LANGSAM EIN BISSCHEN HEISS WIRD DARUNTER... SAG MAL, GAL, DU HAST MICH DOCH SCHON LANGE DURCHSCHAUT, ODER? WAS HAST DU IN MIR SEHEN KÖNNEN?	DASS ALLES WEGEN DEINER SPIELLEIDENSCHAFT BEGONNEN HAT. DU BIST SPIELSÜCHTIG, EINE ZWANGHAFTE SPIELERIN, DIE BEREITS EIN VERMÖGEN VERLOREN HAT. UND HÄUFIG AUCH DAS ANDERER... IN DIESEM FALL JENES VON TRIPLE, MI-LU UND MR. X...

BLEIBEN WIR LIEBER BEI J.A.K.... ABER JETZT, DA TRIPLE UND KONSORTEN NICHT MEHR IM SPIEL SIND, KANN ICH JA DIE MASKE FALLENLASSEN...

STIMMT GENAU!

ALS DU IHRE DREIECKSBEZIEHUNG AUFGEDECKT HAST, ODER ANDERS GESAGT, IHREN SCHWACHPUNKT, HAST DU DICH ENTSCHLOSSEN, ÖL INS FEUER ZU GIESSEN, DAMIT SIE SICH GEGENSEITIG UMBRINGEN...

WAS DU NICHT WEISST, IST, DASS ICH EINE RIESENPECHSTRÄHNE HATTE UND TOTAL PLEITE WAR. DAHER HABE ICH DAMIT BEGONNEN, DIESE AUFGEBLÄHTE VETTEL UND IHRE FREUNDE ZU ERPRESSEN...

HÄTTE ICH GEWUSST, DASS DIE POLISPACE BEREITS AN IHNEN DRAN WAR, HÄTTE ICH MIR VIELE KOPFSCHMERZEN ERSPART...

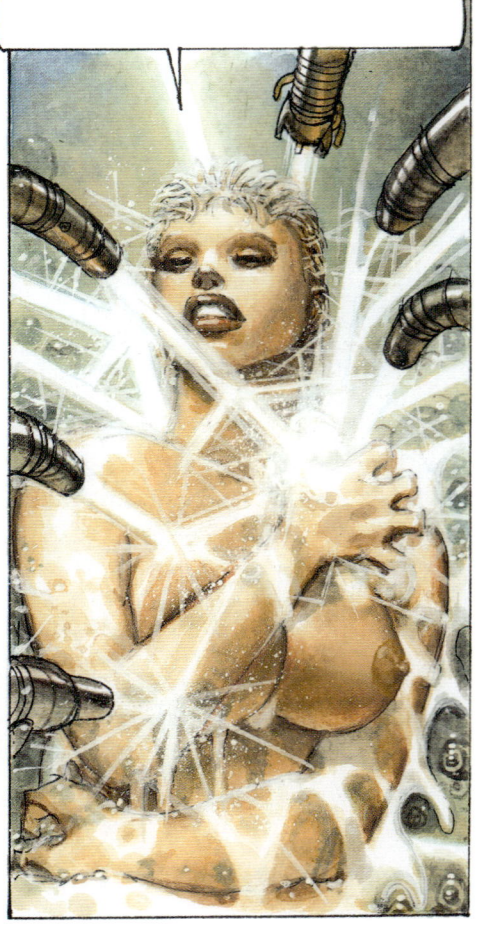

GENAU.

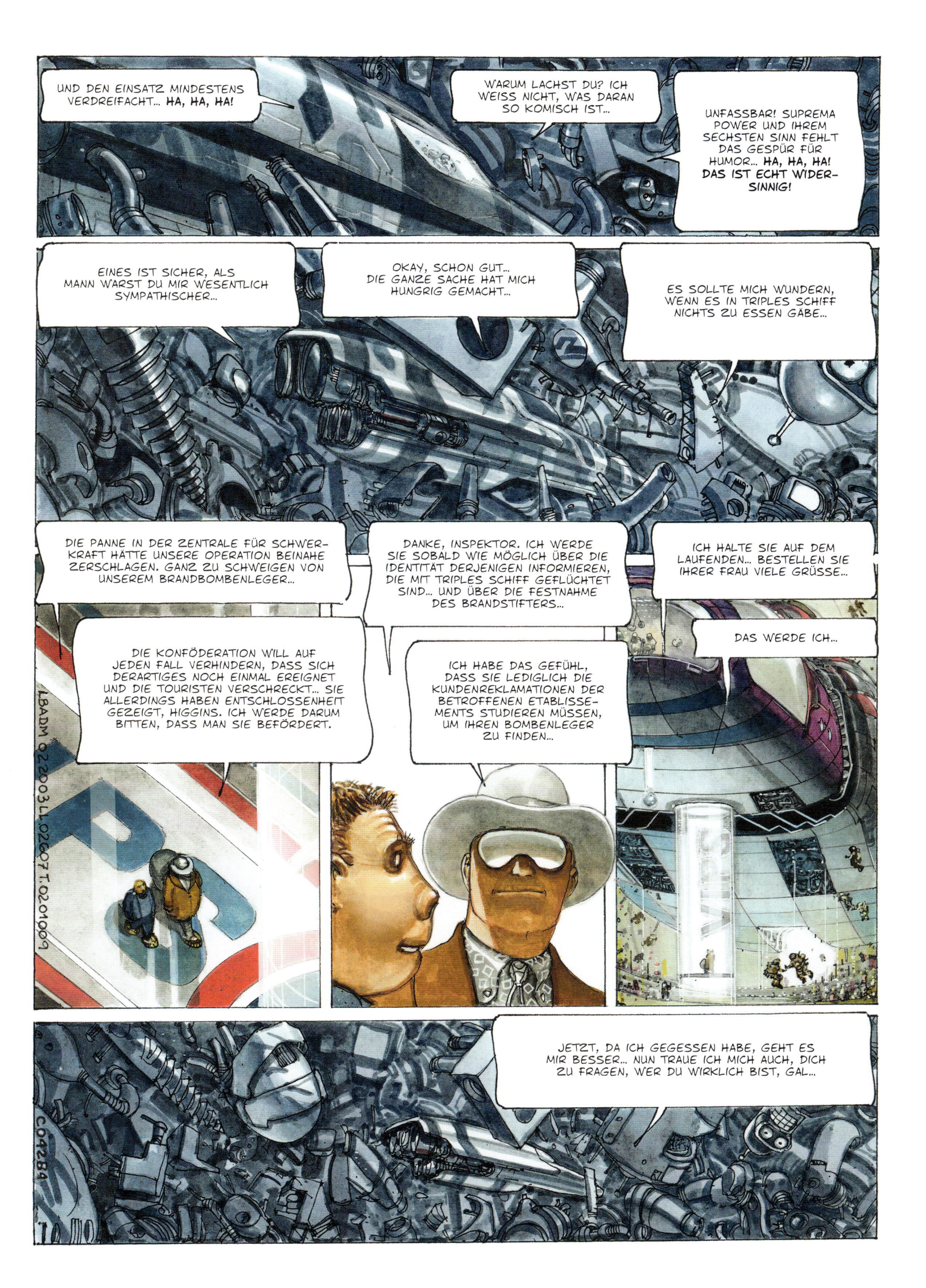

UND DEN EINSATZ MINDESTENS VERDREIFACHT... HA, HA, HA!

WARUM LACHST DU? ICH WEISS NICHT, WAS DARAN SO KOMISCH IST...

UNFASSBAR! SUPREMA POWER UND IHREM SECHSTEN SINN FEHLT DAS GESPÜR FÜR HUMOR... HA, HA, HA! DAS IST ECHT WIDERSINNIG!

EINES IST SICHER, ALS MANN WARST DU MIR WESENTLICH SYMPATHISCHER...

OKAY, SCHON GUT... DIE GANZE SACHE HAT MICH HUNGRIG GEMACHT...

ES SOLLTE MICH WUNDERN, WENN ES IN TRIPLES SCHIFF NICHTS ZU ESSEN GÄBE...

DIE PANNE IN DER ZENTRALE FÜR SCHWERKRAFT HÄTTE UNSERE OPERATION BEINAHE ZERSCHLAGEN. GANZ ZU SCHWEIGEN VON UNSEREM BRANDBOMBENLEGER...

DANKE, INSPEKTOR. ICH WERDE SIE SOBALD WIE MÖGLICH ÜBER DIE IDENTITÄT DERJENIGEN INFORMIEREN, DIE MIT TRIPLES SCHIFF GEFLÜCHTET SIND... UND ÜBER DIE FESTNAHME DES BRANDSTIFTERS...

ICH HALTE SIE AUF DEM LAUFENDEN... BESTELLEN SIE IHRER FRAU VIELE GRÜSSE...

DIE KONFÖDERATION WILL AUF JEDEN FALL VERHINDERN, DASS SICH DERARTIGES NOCH EINMAL EREIGNET UND DIE TOURISTEN VERSCHRECKT... SIE ALLERDINGS HABEN ENTSCHLOSSENHEIT GEZEIGT, HIGGINS. ICH WERDE DARUM BITTEN, DASS MAN SIE BEFÖRDERT.

ICH HABE DAS GEFÜHL, DASS SIE LEDIGLICH DIE KUNDENREKLAMATIONEN DER BETROFFENEN ETABLISSEMENTS STUDIEREN MÜSSEN, UM IHREN BOMBENLEGER ZU FINDEN...

DAS WERDE ICH...

JETZT, DA ICH GEGESSEN HABE, GEHT ES MIR BESSER... NUN TRAUE ICH MICH AUCH, DICH ZU FRAGEN, WER DU WIRKLICH BIST, GAL...

DIE WAHRHEIT IST: ICH WEISS ES SELBST NICHT... VIELLEICHT SOLLTE MAN EHER FRAGEN, **WAS** ICH BIN... ICH BIN EIN COCKTAIL AUS VIER PARANORMALEN KRÄFTEN, IM SHAKER GEMIXT UND ANSCHLIESSEND IN EINEM GLAS SERVIERT...

... IN EINEM GEBORGTEN GLAS... NÄMLICH IM KÖRPER EINER PERSON, DIE KURZ DAVOR WAR ZU STERBEN...

DAS WAR DIE PERSON, DIE IRON FERR SUCHTE; JENE, DIE ER TRAF UND WEGEN DER ER STARB...

DEINE MACHT IST ALSO NICHT... NATÜRLICH?

ICH WURDE IM RAHMEN EINES WISSENSCHAFTLICHEN EXPERIMENTS ERSCHAFFEN, DAS DARAUF ABZIELTE, DIE ABSOLUTE WAFFE ZU FABRIZIEREN. DAS WAR VOR MEHR ALS ZEHN JAHREN, WÄHREND DES KRIEGES ZWISCHEN DEN MENSCHEN UND DEN KROMMIONERN...

DU STELLST EINEN UNSCHÄTZBAREN WERT DAR. ICH GLAUBE NICHT, DASS SIE DICH JEMALS IN FRIEDEN LASSEN. SIE KOMMEN WIEDER, GARANTIERT...

ICH WERDE MICH WIEDER VERSTECKEN MÜSSEN, ODER BESSER, MICH NOCH EINMAL IN IM KOSMOS ZERSTREUTE ENERGIE VERWANDELN... DENN DAS WAR ICH, BEVOR ICH ZUFÄLLIG AUF DIESEN KÖRPER STIESS...

ENTSCHULDIGE, ES MAG UNPASSEND SEIN, ABER ICH HABE NOCH HUNGER. WILLST DU AUCH EIN KRILLSANDWICH?

WARUM NICHT? ES IST KÖSTLICH UND MACHT NICHT DICK...

ÜBRIGENS, GAL... DU BRAUCHST NICHT ZUFÄLLIG EINE ASSISTENTIN?

ENDE DIESER EPISODE

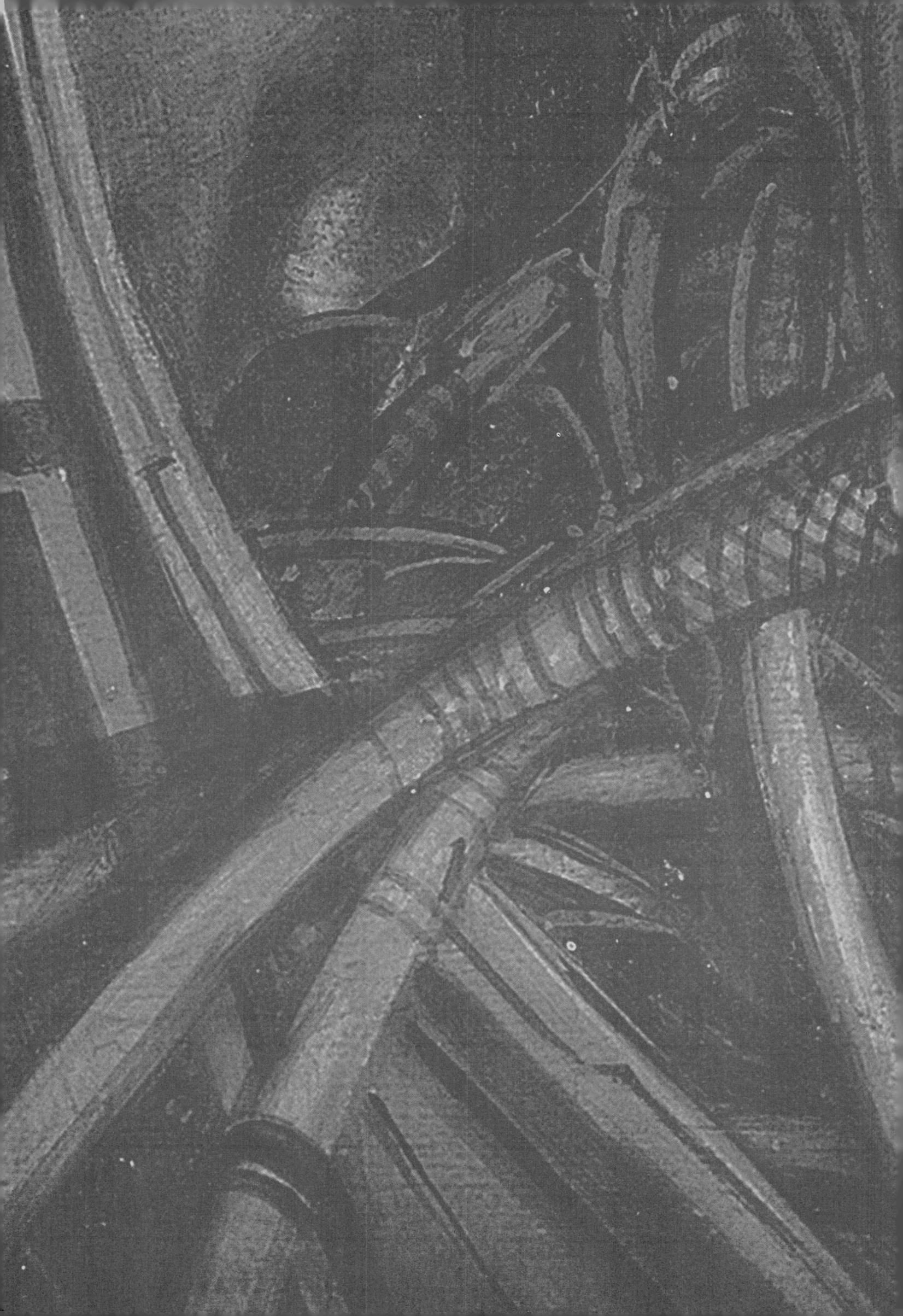